髫鬟花

◉葉國居／著

聯合文叢 579

目次

自序

我白天從事稅務工作，夜晚專心寫字寫作。白天，數字需要理性。夜晚，文字需要感性。在日夜心情交替中，匆匆過了二十年。這本散文集，是我長年以來的夢想。我以毛筆書寫自己的文學創作，作為散文集的插圖，想要用這本散文集，來表達自己，愛上文字勝過於迷戀數字。

從小生活在客家莊，年邁的老父年輕就耳背，他一生在客家莊的所歷所見所聞，都逃不過我特殊的心眼，看似平凡卻極不平凡。我一向認為，散文的真情比真實來得重要，每次得大報文學獎，就有很多認識或不認識的朋友紛紛打電話到我的服務機關探究，文章是不是真的？真的，假的，我肯定說，我的散文是真情的。每一篇文章，我都被自己感動過，四十歲前曾經有一次，在寫作的當下淚濕衣衫。

我喜歡書寫，濡墨臨池。二〇〇三年後，大概近十年的時間，我因工作的關係，頻仍往返桃園、新竹、台中間，家中大小事，概由妻子靜儀悉攬，為了彌補我對小孩的愧疚，只要回家過夜，晨起，我一定會為他們準備早餐。夜歸，孩子入睡；早起，孩子尚未起床。上班前，我習慣以毛筆在宣紙上留話：

光和羽，饅頭在電鍋，冰箱有鮮奶，蘋果一人一半，吃完，到校認真讀書。

時間久了，發現這些早餐書寫，料理不同，字跡各異，快慢有別。孩子除了感受父親的存在外，他們還時常從字裡行間，猜出是日的我或焦，或忙，或喜，我開始有了書法線條會說話的想法。自此，我開始以毛筆書寫自己的詩作散文，我深信用毛筆書寫自己的情思，要比抄一段唐詩宋詞來得真摯。至少在看千篇一律的電腦細明體後，目光移到作者親筆書寫的片段中，可以感受不同時空的心情。如同我再次看到早餐書寫，恍然回到我兒我女的童年，我希望光和羽，永遠就這麼大，就那個頑皮的年紀，於是我會一看再看那流逝歲月的清晨書寫。書痕夢清，回到從前。

髻鬃花，是一朵形象之花，一朵具有普世價值的花朵，它是我祖母頭上的髮髻，青絲到白髮，越老越開花，它開在許多中壯年客家人的心裡。那個年代，在勞碌的田莊，髻鬃花流著汗水的芬芳，我以髻鬃花為名創作歌詞，由鄭朝方先生譜曲，並獲得第十九屆金曲獎最佳作詞人入圍，廣為各界傳唱，新竹忠信學校在高天極先生大力推動下，儼然成為小校歌，在純樸的客家莊永續飄香。由於這本書，載記客家莊許多大小事，遂以髻鬃花做為本書的命名。

此外，本書收錄三篇客語漢字的文章，以母語發音的文學創作，希望能有更多的迴響。驚雪饒古，圍夢真清，夢想終於清晰呈現。感謝黎秀湮老師長年對我客語用詞的指導，她以客語改寫我的散文創作〈討土〉一文，併以收錄在本散文集中。感謝陳文智小姐，為這本散文集精心手繪設計封面，感謝雙親、家人、兄姐一路給我的支持，更要感謝和我曾經一同工作的同仁以及讀我文章的好朋友們。

二〇一四年三月二十六日
於台中市北區梅川河畔

驚雪饒古　圍夢真清

暗夜挲摩

髻鬃花

對於黑夜的形成，始終有一種模糊的概念在我的心中凝聚：它，與人確有某種程度的關聯。

在每一個烈陽如漿的白日裡，祖母在田畝中佝僂耕種。在每一節翻土、播種、除草、施肥的動作間，揮汗如雨。強大的日光，攫取祖母髮中的黑色素與汗水蘸成墨汁下嚥，經過時間的消化後排泄出來，叫做黑夜。

濃稠的黑夜在暗中默默的成長，流淌於小溪庭院、穀倉柴坊、豬舍雞寮，並不斷的擴張向田畝間的菜圃和水塘。夜色如墨，團團緊緊的包圍村莊，但它卻鎮不住祖母的雙腳，她背負著浩大的夜色，如同白日頂著烈陽，仍不斷的在田畝間穿梭，在豬舍雞寮間忙碌著。

對於我們小孩而言，鄉下的黑夜充滿著神靈鬼魅的氛圍。一入黑夜，便不敢大聲言語，不敢遠離住宅的四周，這是黑夜懾人的力量。但是，你一定很難想像，對於黑夜，我竟然沒有絲毫畏懼的感覺，因為我老早就發現了夜的繽紛和熱鬧，笑臉的月光穿過濃密的樹林，我在其中感覺大樹正在拉拔成長；溪水的唱遊伴著夜蟲唧唧，我在庭前微弱的燈泡下看著飛蛾翩翩起舞。除了這些外，還能騷動寧靜與黑夜的，便是祖母髮間流動的白光和她密集的咳嗽聲了！

就我有記憶之始，祖母的頭髮並非全白，大抵是黑白相摻的，到底是什麼時候，黑色素從她的髮中消耗、蒸散，我便全然不知了。記得我在念小學五年級時，一天，中午從學校回來吃午餐，在竹筷起落之間，發現在碗飯中夾雜著一根長髮，半截如霜、半根如墨，等到下午放學用晚餐時，再發現菜中的髮絲，便已通根如霜。

小時候的我並不懂事，屢屢發現飯菜間的髮絲，不管黑白，我總會先對祖母抱怨一番，卻從不關心黑與白所象徵的意義，我對祖母的白髮沒有任何的戒懼，就如同黑夜在我的心中不設防是一樣的，它不停的占據我和祖母相處的時間，我卻沒有一點警覺。祖母這一輩的客家村婦，習慣將長髮緊束成圓圓的髮髻，像是一朵盛開的花兒，我把它取名為「髻鬃花」。童年時我總是尾隨著這朵花到田園，它流著汗水的花香，隨著祖母年歲的增長，越來越白越像個花兒。越老越開花。

一回，中午用餐時，我發現菜中有幾隻螞蟻，打開湯鍋，竟發現成群的蟻屍，我一下子氣急敗壞的向祖母大聲的說道：「不煮頭髮，換煮螞蟻了？」

「螞蟻不會吃壞人的。」祖母怯怯的趨前安慰著我，也不知要再說些什麼。

「那晚上就煮螞蟻吃好了！」我在盛怒中擱下飯碗，逕自往外頭衝去。

夕陽下山，我才踩著步伐回家，一進家門，發現祖母不在家中炊飯，飢腸轆轆，心中有些著急，卻驚然的發現一輪白霜霜的月，在廚房窗邊晃悠悠的動著。我趨前一看，祖母弓身在窗邊，端著一鍋豬油盆，利用逐漸流失的天光，正在挑撿油盆中的蟻屍，不時的將沾滿油漬的手指伸進嘴裡舔乾，似乎深怕丁點兒的油脂浪費了。眼看天就快黑了，她的動作顯得有些慌忙。我悄悄的走近祖母的背後，發現她的頭就如同望日之月，像是由許多許多花朵簇擁而成的花束，在每一根的髮絲之間，流著暖暖的光汁，彷彿在一個下午之間，祖母的頭髮徹底的變白，究竟整個下午，祖母做些什麼事了？竟然讓烈日如此狠毒的吞盡她髮中的黑色素，我正納悶的想著。

「回來了！」祖母發現我回家了，高興的向我說道：「晚上的飯菜不會有螞蟻了，我在這兒挑了整個下午，一定夠乾淨的。」

我不知道要如何回答，再看到她被憂慮拉扯陷落的雙頰，眼睛已是灰濛濛的一片。

穿過廚房窗邊的那道陽光真的毒辣！

那晚的夜色好濃好濃，將我和祖母密密緊緊的包裹在一起，感覺厚實而溫暖。和祖母躺在同一張床上，徹夜沒有入眠。淚光一直流連在祖母頭上的髻鬃花和蒸散的黑色素之間。

菜蟲

祖母以種菜為生。二分的田地種了十餘種菜作，當菜作成熟的時候，她會挑去市場賣，或向上莊的阿壽伯換米，向大碑養殖魚蝦的人家換魚換蝦。這些菜作，便成為我們的衣食父母。然而，種菜的辛苦，隱藏著不為人知的辛酸。菜作經不起狂風，也經不起旱澇，除了這些之外，最讓祖母感到傷神的，便是那些日夜顛倒，無法數計的菜蟲。

菜蟲，最喜歡在涼爽的夜裡出來，白天陽光來時，即躲進泥土裡。祖母常在一覺醒來，發現肥美的菜葉被菜蟲食成坑坑洞洞，這些坑洞讓祖母耿耿難安，如同一個國家的版圖，遭逢敵人攻陷、掠地，令人憂心如焚。當生計無法算計時，祖母會做出最頑強的抗拒。

七月之夏，酷熱難眠。夜裡，祖母駭然而起，她把我叫醒，告訴我她夢見成群的菜蟲，在水涘草浦間蠢蠢欲動，正要大舉的進攻菜園。我們迅即著裝，一如遭到敵人的夜襲，我緊緊的尾隨在祖母的後頭，在漆天墨地裡，藉著星光行走於陡峭的田埂上。無聲無息。安靜無語。像是要在利刃出鞘的瞬間，一舉刺向敵人的心臟。

腦滿腸肥的菜蟲，總是在夜半無人時，吃得癡肥臃腫，然後發出腥臊嗆鼻的飽嗝。祖母左手拿著手電筒，右手的拇指如刀，食指似鍘，用力的將隻隻的菜蟲切斷。我蹲在一旁，望著死去菜蟲的身上流出了飽滿的湯汁，鮮明帶翠，彷彿從中可以提煉祖母流下的汗汁、身上的鹽分、皺紋的痕跡，以及逝去的年歲。

我曾多次的想像，自己在大快朵頤葉菜時，如同菜蟲不斷的囓啃吸吮祖母的汗水和心血。鮮明帶翠的湯汁，同樣的在我的身上盤旋、流淌。一日夜裡，跟著祖母去抓菜蟲，右手一不小心，被田埂上的五節芒割傷了，鮮血汩汩的流出，祖母連忙的在菜園中找尋雷公根的莖葉，在口中嚼碎後，連同溫熱的唾液，敷在傷口。翌日醒來，傷口竟然流出與菜蟲同質的湯汁，令人驚愕莫名。

我一面擦拭著傷口流出的湯汁，側耳聽到死去菜蟲的哭啼，腦中浮現的是祖母身上的血水，不斷嘩嘩啦啦流入我的體內，她顯得逐漸虛脫、憔悴、蒼老。其實我只是一隻受盡祖母寵愛的菜蟲，長年以來，有恆的蠶食著祖母的心血，多年以後，我仍時常為一幕自己率領著成群菜蟲，嘖嘖有聲吸食著祖母心血的夢境而驚醒。

醒來的時候，祖母已經躺在遙遠的山崗。

她死於肺癌。X光片下的二片肺葉，被一種名為「菌」的小蟲食成一個黑黑點點的坑洞，不斷的瀕臨崩塌的邊緣，在螢光幕上，又如同兩片在殘風中的敗葉，隨著祖母急切的喘息不定的搖擺。但對祖母而言，二片完整的肺葉，已經不具任何意義。即使在生前，肺葉的質量依舊沒有辦法和菜葉相抗衡，為的是讓一個疼愛的孫子，三餐得以溫飽。

如今，再也不能品嚐到祖母手植的菜作了，但是祖母在暗中弓身抓蟲的影像，一直都在我的眼眶中定居著，如同雷公根上祖母唾液的溫熱，至今餘溫猶存，在我多年後仍多感的指間。

祖母的新址

祖母死了！

她的雙頰凹陷，皮膚皺黑，身體比在世的時候，彷彿縮小了許多。像是木乃伊，泛黑、冰冷、乾枯，而且已經逐漸的凝固成型，掀開白幡，我再也忍不住悲痛。

沒有人來報惡耗！在台中念書，宿舍沒有電話，期末考的最後一天，早上陽光烈烈，沒想到考試結束時，便已細雨如織，我坐在試場中，憂心如焚的作答，我可以確信，在同一時間裡，祖母正躺在故鄉那張隨著病情加劇搖晃的床上，急促的呼吸聲，正穿過千片雲層、百條山川，間間疊疊的在我的耳膜中催促而來。坐上火車，心中早已瀰漫不祥的兆頭。六月二十一日、下午六時四十分，北上的自強號，我憑窗而坐，駭然的聽見祖母的最後一聲咳，響成天邊的一聲雷。

向來，有許多事，我和祖母是交感互通的。祖母辭世的時間，與我憑著車窗聽到驚雷一聲的時間，事後對照沒有絲毫的差池。任何的感覺、幻覺，在長達多年的相處裡，也經常是相互交應的，當然，這其中也包括了思想和相思。

我在弱冠之年離鄉讀書，早已體會出鄉愁的滋味，在每一個晨昏間，在每一個季節裡，鎮日坐在課堂上讀書，卻發現手上長了厚繭，日日感覺得出肩上的辛酸，其實，那正是一百多里外的祖母，日夜勞動耕耘的辛勞，竟相同的在我身心中滋長。我在台中，最惦念的就是祖母多咳的病，屢屢讓我想到鞭炮，爆裂後肉身即將支解的恐懼。每次我回家時，她總是隱忍在我的面前不咳，或許是相思使然吧！看到她倚門凄遲等待我回家的臉孔，實在不忍揭發她的濃痰隨處可見的事實，心知肚明祖母的病情，只是，我們之間有一個共同的默契，便是相互隱瞞，不讓對方增加負擔。

祖母死了。我坐在她的靈前三個夜晚，用心回憶就我所知道的祖母一生。少年多折，中年勞苦，晚歲病疾纏繞，如同一條崎嶇的山道，從卑處到高嶺，未見平坦。她就像靈前的蠟燭，肉身在燃燒，滴下的汁液凝固成我，當她的生命走到盡頭，所有的精氣、血水都已完整匯入我的體內。像是一個重新的開始。我在渺渺的白煙裡，感受祖母在我生命中的分量，我宛若是祖母的替身，每每在冥紙的燃燒之間，抬頭望望靈前的相片，總覺得像極了自己。

或許，如今祖母只剩一具勞動過度的皮囊，一具需要長期睡眠、徹底休息的身軀，當三個黑夜過後，祖母將定居在一個依山傍水的新址，所有一切一切辛苦、辛酸的回憶，纏繞的宿疾，將隨著黃土一一掩蓋。我將要在她的塚上植上美麗的花卉和樹苗，讓她有一個安適的家，舒適的過著她的生活。當如炮的咳聲不再，黏膩的濃痰不來，所有的病痛不發，一切的俗世不擾，感覺是那麼寧靜而美好。

我豁然開通了，祖母死了，我心中充滿無限的歡喜。

而我漸漸的相信，死亡只是靈魂的移居，正如同祖母身上的血水、精氣完整的灌注我的體內，只要我在，她終究還是存在的。我有越來越深的感覺，祖母依舊沒有離開老家的四周，因為我在每一個黑暗的角落，肌膚領略得出她的體溫，味蕾嗅得出她身上的味道。在每一個雷聲中，聽到她的咳聲；在每一個星光燦爛的夜晚，看到她流著白光的頭髮，看到一朵髻鬃花。站在祖母的神位前，燃一炷清香，低頭跪拜，在我抬頭的瞬間，看到渾濁的煙像一條長長的白蛇，纏繞出一些迷濛的影像：祖母淒遲的臉孔。廚窗邊的月光。坑洞的肺葉。菜蟲。

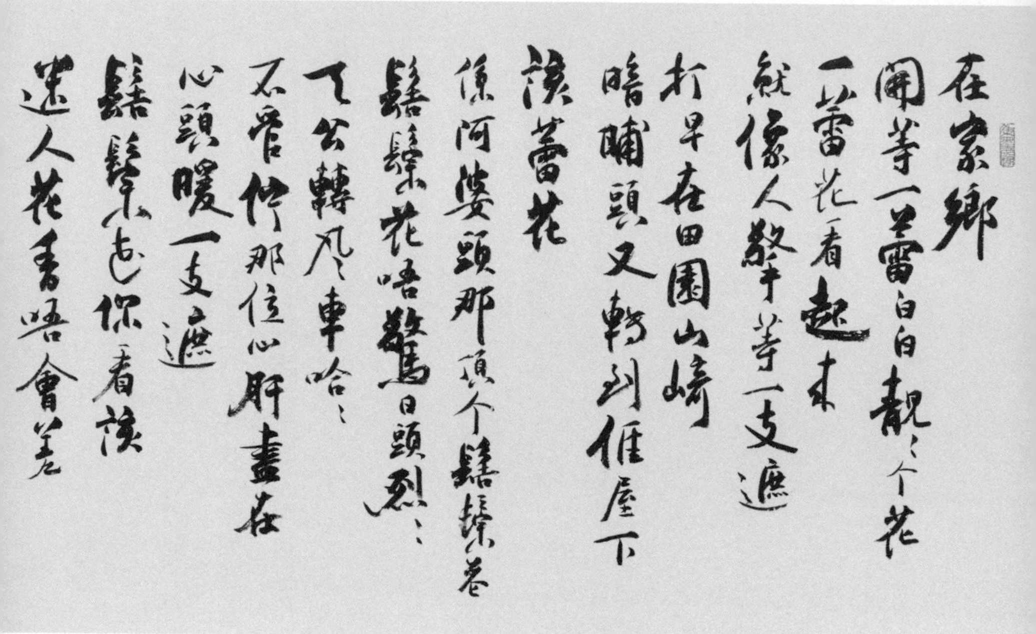

在家鄉，
開等一蕾白白靚靚个花，
一蕾花，看起來
就像人擎等一支遮，
打早在田園山崎，
暗晡頭又轉到佢屋下，
該蕾花，
係阿婆頭那頂个髻鬃花，
髻鬃花唔驚日頭烈烈，
天公轉風車。
哈哈，不管佇那位，
心肝盡在，心頭暖一支遮，
髻鬃花你看該，
迷人花香唔會差，

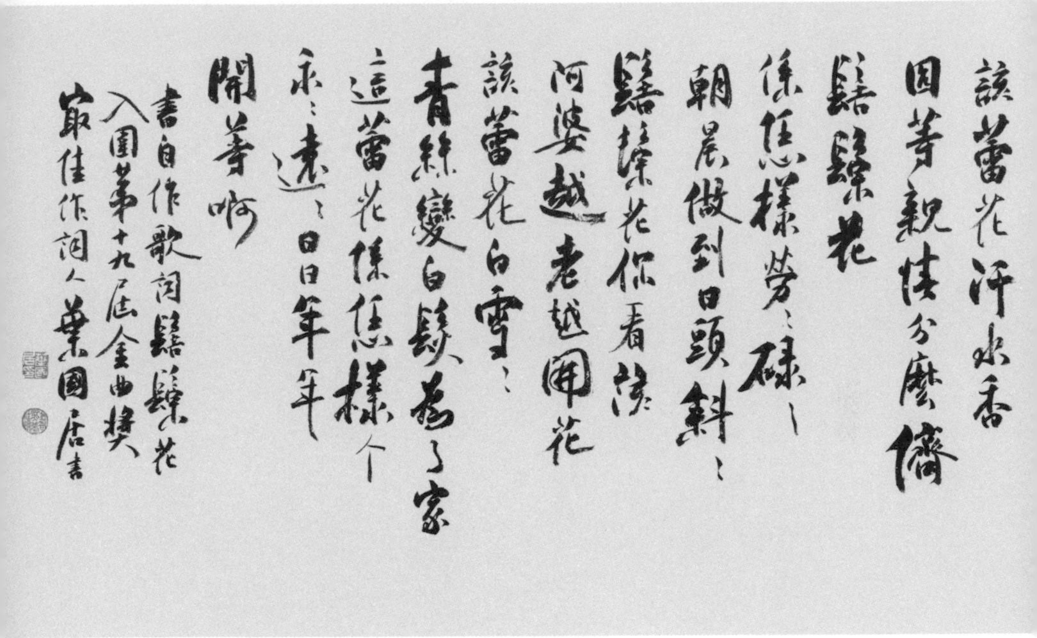

該蕾花，汗水香，
囥等親情分麼儕，
髻鬏花，
係恁樣勞勞碌碌，
朝晨做到日頭斜斜，
髻鬏花你看該，
阿婆越老越開花，
該蕾花白雪雪，
青絲變白髮為了家，
這蕾花，係恁樣个永永遠遠，
日日年年開等啊。

書自作歌詞〈髻鬏花〉
入圍第十九屆金曲獎
最佳作詞人葉國居書

動物的證明

聽力障礙的證明

我確信一個人和一種動物朝夕相處，一定會感染與動物相同的氣味和習性，嚴重時還可能會殃及身心。

父親蹲在溪岸旁殺鴨，以他的姿勢看來，他拔毛的手法像是在田中除草，清理內臟如同清理一顆木瓜這麼流利。這年的冬至，父親決定煮一隻薑母鴨為我進補，當他拎著鴨頭走回廚房，恍惚間，我發現這隻鴨像極了父親的膚色，當他的左手按著砧板上赤裸裸的鴨身落落揮刀支解時，我不敢靠旁觀賞，因為我始終有一種幻覺，父親在剁肉的同時，也在砍斬著自己。

不知道是什麼時候開始，父親在我心中的形象，竟然是鴨群中的一隻鴨。起初，我對於自己有這樣的想法覺得十分荒唐。父親養鴨三十多年，從庭院養到河岸，從白鴨養到番鴨，從幾十隻養到幾百隻，父親都是群鴨的統治者，再怎麼說，他都不可能成為被統治的臣民。然而，這種影像，卻像一張張的幻燈片，一再一再的在我心中的暗室中播放。

在這個寂靜的溪岸旁，只要你仔細一聽，便可以聽到群鴨的呷呷喧鬧，對於這種聲音，父親早就習以為常了。當農閒的時候，他鎮日的在鴨群中穿梭，或在岸旁的空地打磨磨，不時的驚動在水中沐浴或在岸旁休息的鴨群，父親很少出聲，因為他知道，鴨子聽不懂他的語言。於是，他經常用手勢來下達餵食的指令，以及讓鴨群辨別天黑時向左向右趕回鴨舍的路途，但是隨著距離的拉長，一旦超過了鴨子的視力範圍時，這樣的手勢便頓失效力，這時，父親便會「軥軥」的出聲，並大幅的擴張他的手勢，鴨子雖然聽到父親的聲音，但卻不知道父親在說些什麼，東張西望的顯露出一副惶惶無措的模樣。

第一次發現父親也有這般模樣，是在車聲隆隆如嘩然山澗的市區中，才一轉眼，父親便消失在百貨公司的大門前，對於一個因樹為屋、隱居鄉野的父親而言，都市，就像一個大湖，而他就像一隻道地的旱鴨，一旦下水便極可能會流連忘返，進而迷失了歸途。我確信父親一定沒有走遠，張大眼睛左右尋視，像是一支銀行的監視器，所幸，在鏡頭下，我發現父親的身影，他站在對街頻頻盼顧。

「爸！我在這裡啦！」我依父親可以聽到的音量喊著。車流很快，父親彷若聽到了，卻不知道聲音的方向，伸長了脖子左顧右盼。

「爸！我在這裡啦！」我再趨前向他叫著，父親確定有人在叫他，但他卻聽不懂我的語言，惶惶然左右搖動著頸項，直到發現我已站在近處向他揮手作勢，父親方才露出了笑容。

父親的姿勢，像極了一隻落單的鴨。

從這年開始，我知道父親患了日漸嚴重的聽障，隨著年齒向暮，我們之間所產生的溝通障礙，必須經由近距離的比手畫腳才能移除。

我與父親，父親和鴨子，竟然在傳達間產生了相同的阻礙。好幾次我從鴨群中叫著父親，霎時，鴨舍中重複了許多父親影像，我看到幾乎在同一時間內，與父親動作如出一轍搖著頸項東張西望的——鴨群。我的父親。

究竟，這是什麼力量使然？一直在我的腦中打轉著。

傳說中，帶領反清革命的「鴨母王」朱一貴，年輕時即在羅漢門鴨母寮以養鴨為業。有一天，朱一貴像往常一樣，趕鴨到河邊後，躺在岸旁青青草邊睡著了，醒來時，他蹣跚走到河邊洗臉，甫一低頭，他發現水中自己的身影，頭戴通天冠，身穿黃龍袍，自以為是台灣傳說中喊水也會結凍的真命天子。於是，他對著鴨群發號施令。正步走。前進。游泳。潛水。令人吃驚的是無論他說什麼，鴨子都會按照他所說的語言活動起來，果然，朱一貴後來被眾人簇擁為帥。這證明鴨母王確實深諳鴨子的語言，父親經年與鴨群相處，他不是真命天子，無法像朱一貴這般能號令鴨群，相反的，卻在不知不覺中被鴨群進行大規模的感染。

我豁然明瞭，這樣的現象是出自一種龐大力量的傳染，像是卡通中的泰山，長年居住山林，因而被感染了山中動物的習性，動作酷像山中的猩猩或是獼猴。

載著父親到公所申領殘障手冊的那天，出來時已是正午，比鄰公所旁的一家燒臘店傳來撲鼻香味，父親逕自走入店中坐定，指著玻璃櫃中上架如同上吊的燒鴨說道：來兩碗燒鴨飯吧！

我搖手向父親示意拒絕。同時，趨前告訴店員：我，不吃鴨，給我來一客燒臘。

休耕的證明

當清晨的太陽從門外射進來，牛舍裡不像昨夜那樣黑湫湫的，我走過了牛欄，發現老牛已經不在了，心中產生了莫名的落寞，好像是一個經年生活在一起的親人，當他住在遙遠的山崗時，偶然，你走進了他的房間。

老牛跟著父親十多年，頭上兩隻彎彎長長的犄角像番刀，牠的身體非常壯碩，若是跟父親矮小的身材相比，似乎，牠就成為父親最堅實的依靠。的確，當先進的耕作機器陸續推陳出新時，父親依舊守著最初的耕作方法。老牛，竟日的跟著父親黑汁白汗的在田中幹活。

村莊的人都笑著父親跟不上時代，父親總是呶呶唧唧的應答：水牛比較不會變舊啦！漸漸的，老牛成為村莊唯一耕作的牛隻，父親一向不喜歡向人嚼舌嚼黃，卻私下向上畝的阿壽伯表示，只要田還在、力可逮，他便要將老牛留在身旁。

老牛與父親之間，除了共同的工作情感外，老牛也是父親最忠實的夥伴，有了老牛，父親只要擔心風雨，不必擔心繁雜的人情世故，胼手胝足的流下汗珠，不用流露虛偽的言語，好像是一個遠離塵囂的和尚，日夜的敲著木魚交談，心靈得到最舒適的安置。

曾幾何時，父親的夢想卻被逐漸擴張的休耕政策撐破了。一紙休耕的證明拿在手中，父親沉重、無助、迷惘，撒下了鎮公所發放的油麻菜花種子，領了一筆微薄的補償，卻從此買斷了父親的歡笑。當油麻菜花發狂的在田園開放，父親依舊日出而作日落而息，牽著老牛在田園吃草，累了就悵然坐在埂上，像是一具自製的稻草人，不必下田耕作，卻迎接著每一天的日曬雨淋。肩上少了鋤頭，空有田園徒讓長風呼嘯，就如同俠客腰際少了佩劍，空有武功無法施展，因而失去了名分存在的意義。

老牛的祖先，是天帝派遣下凡幫助人們耕種的神獸，牠們代代相傳並遺傳著善於耕作的基因，在牠們靠近頸項的背脊，一旦套上了牛軛木後，不但可以犁田，而且可以拉車。一連數月，老牛不用耕作，不用拉著堆積如山的甘蔗牛車，牠變得心浮氣躁，屢屢在田中來回的奔跑，或用長角磨撞田埂，如同一隻氣急敗壞的鬥牛，正在場上進行一場激烈的格鬥。

父親與老牛，他們同樣的為了一紙休耕的證明而心神不寧。

我有越來越深的感覺，鋤在肩上、軛在背上，他們就像泰雅的原住民臉頰，戴著一個V型勝利圖騰，那是男人的英勇，也是女人的美麗，更是責任與榮譽的表徵。父親與老牛，當他們雙雙卸下了這份責任與尊榮，失落自是不言而喻。這樣經過了半年，老牛病倒了，清晨癱在牛欄，一連數日不食不眠，父親憂心如焚，請了獸醫診斷，知其大去之日不遠，決定僱車將其運走，臨走前，父親站在牠的身旁，打著嗝頓說道：

你跟侄（我），也有十過年，今日，你愛（要）走，侄，係（是）盡毋甘，承蒙你摎侄（跟我）做伴恁（這樣）多年，送你走，你，毋好（不要）轉頭，來世，正（才）來，見。

我看到老牛的左眼掉下了一顆晶瑩的淚，像是清晨芋葉上的珠露，像是靜寂夜裡的星光，急促的呼吸聲在回憶犁田時的喘息，身上黑槎槎的長毛，一如用背脊拖運過的枝枝甘蔗，老牛終於閉下了眼睛，感覺每一天默默生成壯大的夜色山林。

老牛走了，父親日日嚬蹙憂傷，我心裡著實有些著急，深怕動物會進一步進行更劇烈的感染。為了讓父親重拾老農的丰采，我極力的鼓舞父親在溪岸旁，種植菜作和甘蔗，父親拗不過我的請求答應了，再荷起鋤頭耕種。他大力的清除岸旁的石頭，像是清除心中久悶的壘塊，不出數月，我在河岸拉拔的甘蔗中，見到了昔日的田園風華。

公車半價的證明

父親七十歲了，依照規定，搭客運可以享受半價的優待。他吃力的爬上公車，像極了逆流橫行爬上溪流攔水壩的毛蟹，隨時都會有掉下來的危險。

對於溪流的毛蟹，我是再熟悉不過了。二、三十年前，只要你拿著手電筒，在冬日的溪流走上一回，你會發現成群的蝦兵蟹將在岸邊的水草間唼喋。蟹將貪食，舉凡是飯粒、饅頭屑、或是父親殺鴨後留下的濃黏腸肚，牠都會一一的搬回蟹府享用，人們利用牠貪吃的弱點，紛紛設陷誘捕，包括父親，他砍下身材修長的孟宗竹，去除竹肉，將竹皮編成蟹籠，一如置放在山中誘捕山鼠的鐵斬，讓獵物在不知不覺中投進了他的圈套。

誘之以食。這麼說來，製餌就必須花費上一番工夫了。從霜降到冬至，是捕蟹的最佳時節，每天，父親在天光流失之前，便把中午剩餘的白飯，加上養鴨的飼料揉揉搓搓，像是黏膩可口的米糕，後將其切成塊狀，放進灶內用微火燒烤，又像是現在流行胡椒餅，微黑的火燻色調帶著令人垂涎的香味。父親用紗布將其緊繫後置於籠中，然後將竹籠扛在肩上往溪流的方向前行，籠口逆流置於河上，香味慢慢的在水中蔓延、流淌。我坐在家中便可以感受到，那早就在我耳膜生根的溪流水聲，此時，因為蝦兵蟹將的爭相走告，一時之間歡聲雷動、熱鬧非凡。

就如同播種以後期待發芽的夢想，父親在天亮之前涉水入河，當他拉起水中竹籠，滴滴答答的水聲如同掌聲響起，正當父親眉飛色舞，眼神中流露出獵人的威風時，籠內的毛蟹方才發覺自己離開了家園，驚惶得手足無措。推擠、亂竄、慌張來回的爬行，巴不得能從竹編的細縫中鑽出，如同樹葉打著樹葉發出嗦嗦的聲響，離水之後急切的想回水中的懷抱，口中並吐出堆積如山的白色泡沫，像是渴望入土的穿山甲，一旦被人捉住時，同樣會緊張的吹出一個個白色的氣球。我一直認為父親在魚獵方面，確有叱石成羊、撒豆成兵的功力，向來籠內毛蟹成群。牠們進入湯鍋，用文火煮熟後令人脾胃大開，父親騎著鐵馬將其運到鎮上，市鬻供不應求。

從溪流到鎮上，約莫有四公里的距離，年輕時父親騎著鐵馬走在顛簸的碎石路上，他抓緊了把手用力踩著踏板，腿上帶勁的流著湯汁，目光狠狠的注視著前方，灰色的機械和黝黑的膚色，結合成一隻動能十足的野狼。

父親最看不起貪婪的公車大象，昂貴的票價需要花費一斤的毛蟹，他壓根兒不屑搭上公車，即使當他年紀大了，體力不如從前，以他佝僂的背脊加上後座簍裝的毛蟹，他騎鐵馬時的模樣，是一隻徹底的雙峰駱駝，不過慢歸慢，這時的柏油道路已經顯得平坦許多，為了一斤的毛蟹，他依舊鍾愛那匹鐵馬。

直到父親七十歲的那年，他才從阿壽伯的口中得知，搭乘公車可享用半價的優待。自此，他對大象貪婪的形象終於改觀了，那日，我送他到候車亭坐車，再三的叮嚀他要記住兩件事，一是下車的站牌要記牢，二是乘車安全要注意。我目送父親爬上公車，他已不像從前那樣，在山林種筍來去之間神色自若，如今車門前的三個階梯，在他的眼中拉高成為萬丈峭壁。

他爬上了第一個階梯，旋即以雙手握住車門前的橫杆，低著頭，以側行的姿勢拾級而上。我突然想起，那日逆流橫行爬上溪中攔水壩的那隻螃蟹，隨時都會有掉下來的危險。

社會福利政策製造了一個既香且甜的誘餌，父親和他捕過的毛蟹一樣，被誘進入了一個竹籠，他告訴我那天的客運晃蕩如水，他渴望著儘快赤足重回地面，在一陣暈眩後，口中噦吐出白色的泡沫……

溪流彎彎，在我的眼裡蜿蜒成一條長長的蛇，它吃過了每季臃腫的雨水，多年來身體不斷的肥壯。昨夜一場大雨，今晨起床後，發現濃霧瀰漫，我坐在家中，彷若聽到了溪水捲起了古都都的潑天怒濤，推窗看不見溪水的身影，只發現近處，父親比手畫腳的趕著鴨群，手中抓著一隻上岸避洪的毛蟹，我彷若在同一時間內，又看到了許多的父親。

那老牛呢？我猜想，牠一定是在濃霧之中。

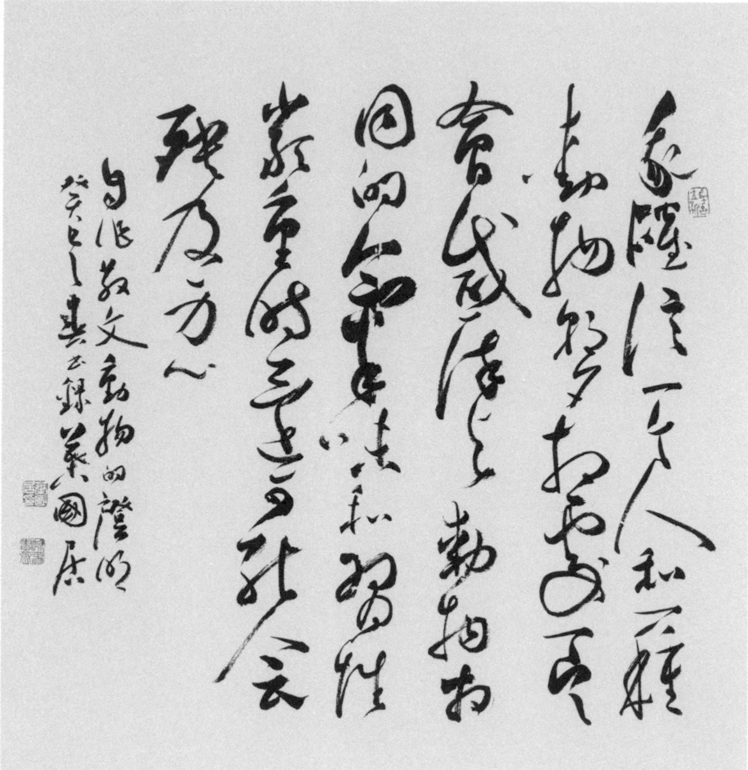

我確信一個人和一種動物朝夕相處，一定會感染與動物相同的氣味和習性，嚴重時還可能會殃及身心。自作散文〈動物的證明〉癸巳之春書錄葉國居

客家菜脯的證明

七七四十九年客菜嬸

我一直認為母親的菜園雖已荒蕪，但終不致於衰敗，就如同她醃製的客家菜脯，縱使經春歷冬，歷越三十個寒暑，仍然能散發著生命的氣息。

母親是新竹老湖口糞箕窩的客家人，在她嫁給父親以前，她沒有下過田，聽說還是個肌膚潔白的客家美女。二十一歲的那年，她與父親在茄苳溪旁耕種一甲田地，從種稻、栽瓜、植菜，到今天「客菜嬸」的封號名揚四方。乍聽這個名號，或許你會認為是母親煮了一手好吃的客家菜，其實不然，這「客菜嬸」的封號並非來自菜作的品種或是母親烹飪的技巧，而是源於母親對於客家菜的加工。

在所有的客家醃菜中，母親最拿手的就是菜脯。她手植的菜頭又肥又大，但是母親從不賣人新鮮的菜頭，她認為吃鮮菜頭實在是太浪費了！菜頭若是經過她的手，製成菜脯，不但味香，而且可以耐久。在某一個觀點看來，她延長了菜頭的生命與形象。

初冬，菜頭的莖葉隨著寒風搖擺，菜頭的主身微微的露出土面，另一半則隱身在不見天日的泥土之中。母親每拔一棵菜頭之前，她的心中早就預料出這棵菜頭的模樣，如同人們見著了上弦月，就可以依著它的弧度在黑夜中想像滿月的光景。母親態度恭敬，弓身，握緊葉梗使力拔起，然後放在胸前仔細挲摩後置於籃中挑回。

沉重的菜頭將扁擔壓得更柔更軟，母親以不到一公尺半的高度，挑著高約一公尺的菜籃，依我從田埂上玩泥巴的角度望去，著實會讓人在心中打起咯騰，就如同雞肋承拳一般，直覺上會有弱不禁風、不堪一擊的想像。因為高度的關係，某些時候，她踮著腳尖，必要時還得挺起胸膛來克服籃底的拖泥帶水，如同芭蕾舞者踮腳擴胸前進的姿勢，雖然費力，但是心情愉悅、志氣昂揚。

這是母親做菜脯的季節。她的刀法準確俐落，將一條條的菜頭削切成三角錐狀，一片片錐狀的菜頭在凌空之後，以彩虹的弧度掉落大水盆中。我早早就對母親的刀法佩服至極，鎮日想拜師習藝，無奈母親對菜脯製成的形狀、大小、色澤講究至極，說什麼也不肯讓我參與，所以我一直只能看人舞劍，卻不會這樣獨門的功夫。

就是因為母親事必躬親，所以她保有屬於自己醃製的純度菜脯，當然也就沒有人能搶走她「客菜嬸」的封號了，母親的堅持，讓她的聲名一年比一年響亮，客菜嬸的名號隨著菜脯的販售不斷的擴張流傳。母親向來謙卑，她認為雞知將旦、鶴知夜半，她也只是會做做醃菜罷了！但是每當有人大聲叫她一聲「客菜嬸」時，她總是笑瞇了眼，成就與滿足自是不可言喻。

母親對於客家「合七」的觀念根深柢固，依照「文工尺」的比例，家中的矮凳整整七寸，圓椅分毫不差二尺一高，耕作的鋤柄說是二尺八最好使力。飯桌恰恰三尺五，飯吃得又甜又香。供奉祖先的神桌長度是大吉大利的四尺二。至於栽種菜頭的田園，母親從以尺寸為單位的「合七」觀念，擴充解釋以時間作為計量。上畝七年，下畝七年，至今已易地七次了。姑且不論這樣迷信的思維是否具備科學的效力，但是從屋前種到屋後，從溪的左岸種上右岸，母親今年七十歲了！屈指算算，她已經足足做了七七四十九年的客菜𡢃。

每年，仍有絡繹不絕的老饕問路聞香而來，母親忙得碌碌有味，動作敏捷的秤斤計兩，哈腰親迎，微笑目送。我可以證明，她仍然樂在其中。

九九八十一難老菜脯

母親醃製的客家菜脯，幾乎與鹽巴脫離不了關聯。

客家人慣用「沒吃鹽」來說明一個人不夠力氣。的確，母親顯然有類似的嚴重情結。一個未耕過田的少女，在嫁到以勞動為本質的農莊，就難免會有擔大肩小的遺憾了！不過母親是很有韌性的，身材不高，軀體瘦小，但是她的志氣很大。她知道，若是用鍛鍊操勞的方法，要把自己訓練得孔武有力並不容易，於是，她就在醃製的菜脯中悄悄的著墨一番。

母親的菜脯總是比別人做得更鹹！

抓一大把的粗鹽，往盆中切削過的菜頭撒去，母親似乎也將鹽巴撒向自己遺憾的傷口，心中竊想藉著鹽巴來補足自己的力氣。很快的，白菜頭在飽食鹽巴後流出了湯汁。陽光燦燦，母親汗水淋漓，沿著茄苳溪上白泥與黑石相間的坡堤，連同自己的身子一路長長的曝曬，如同擺地攤的攤販，揚長排列，母親來回在其間打磨磨。偶爾，她拿著一張破舊的竹製睡椅，傾斜躺在一旁，和菜脯一起接受陽光的洗禮，像是一條仰泳的海獺，在點點潔白的菜頭浪花間，母親在海面上若無其事的享受冬陽。就這樣，玉理潔白的肌膚和菜頭同時漸黃漸灰，遠看的時候，菜頭與她的身子，在同一時間萎縮、變黃、變小。

菜脯好吃，但是製造菜脯的過程卻是曲折多難，絕非一般醃瓜之類的醃菜所能比擬。菜脯在製造初期，被以刀切分屍的慘狀不說，在經過烈陽吸取它體內的水分後，還必須經過九九八十一難的痛苦歷程。母親在傍晚，將曝曬萎軟的菜頭收回，將其包裹在一條大大的白布中，然後恭敬的跪在石板上，以左手抓緊封口，右手則使力的搓揉，像是在搓捏一團麵粉。依據母親的說法，搓揉過後的菜脯會更有嚼勁，亦能藉此擠壓出菜頭真正的香味。

天色漸暗，白霜霜的月下，母親彎腰將菜頭置於缸中，鋪上自己的影子，再鋪上一層乾稻草。就這樣，入夜之後，母親的形影也連夜的陪著它們，不斷的複習從前在泥土中不見天日的生活。有的時候，為了讓菜頭更加快速的變成菜脯，母親會以厚重的巨石壓頂，一連數日，菜脯承受了壓擠搓揉的苦難。

母親在曬製菜脯的過程中，除了勞動之外，另一方面，她的嘴巴也未曾閒下，試嚐菜脯的鹹度，試嚼它的香度，試咬它的脆度，嘴巴吃著漸曬漸成的菜脯，眼睛不時的下瞟片刻，以一種思考兼含品味的神情，抬頭打量著陽光，閉目思索，就要決定收攤下甕的時程。

菜脯很耐久藏，在良好的防潮環境中，可食用的時間長達三十年之久。一般而言，菜脯彌封在甕中，大概經過五年的時間便會由土黃轉成灰褐，再過五年便會由灰轉黑，設若再經過十年，所有的菜脯將轉為線條狀的纖維，假若你不仔細辨識的話，你一定會以為它就是醃製過的牛肉乾呢！菜脯好比老酒，在甕中越陳越香，年輕的菜脯煎蛋味濃，脆生生的嚼感是老饕的最愛。老菜脯生吃其味清酸甘甜，燒湯退火，若是燉上一隻鄉下的土雞，可就具有十足的田園風味了，煮出的黑湯香醇中帶著流逝歲月甜美的記憶。那原是曾經潔白的菜頭，經過多年的閉關苦修，改變了自己的外貌形象與膚體色澤，其中潛修深厚的涵養，當你細細品味時，確會令人回味無窮、咀嚼再三。

從白菜頭到黑黑的老菜脯，從肥美細膩的肉身到乾扁粗糙的外表，這中間經過了漫漫悠悠的歲月。起初，它們就住在家中的後院，十年之後，母親雇工將它搬到茄苳溪對岸田中的工寮，這十年河東十年河西的歷程中，菜頭從家中庭院回到了它初生的園地，重新感染田園四季的風光，可能就是因為這般的緣故，吃過母親菜脯的人都說，母親手製的老菜脯帶著田泥的芳香。

然而不管是母親，或是老菜脯，他們都共同從潔白的肌膚變得黑黝黝的，母親在長年下田植菜，以及醃製菜脯的過程中，所經歷的辛苦與挫折，絕對不亞於黑菜脯所歷盡的九九八十一難呢！

看她。手上如同牛肉乾表面的皮膚皺摺，一生的辛勞，鐵證如山。

一生一世不老園

一九九三年開始，母親因為政府休耕政策，田中不再栽種任何的菜作，不種菜頭，但是依然大賣菜脯。新的菜脯不出，老菜脯存貨日窘的情況下，家中的庭院、田中的工寮頓時減少了許多缸缸甕甕，如同殆盡的倉糧，有一種斷炊的憂傷。我確信母親的難過是入骨連心的那種，以我常年與母親同進三餐的經驗判斷，食用菜脯上癮的母親，一日一餐沒有菜脯，就如一顆飽滿的氣球洩了氣一樣，顯得萎靡不振，全無精神。

多年來，母親幾乎沒有一餐不食菜脯，菜脯煎蛋，菜脯蒸肉，菜脯燒湯，最常見的就是母親用未加料理煮食的菜脯下飯。母親偶到台北大哥家居住，口袋中亦隨時可掏出家鄉的菜脯，她用大拇指將菜脯上的灰塵稍加抹去即能入口，暗自在一旁吃得滋滋有味。牙齒幾乎落盡的她，試圖用口水洗鍊出原鄉的味道，看來「毒」害不輕。

然而，吃了這麼多年的菜脯，母親的身子健朗，力氣仍大，我漸漸的了解菜脯正是母親一切生活力量的泉源。我老早就有一種很深的憂患，如此寅食卯糧，深怕有一天，當母親將自製的菜脯食罄時，必定會痛貫心肝。

我曾作了一個夢：好像是我從外地回來，外頭陽光烈烈，一進家門，看到了母親的身影，躲在廚房陰暗暗的角落，用手撈甕中的菜脯，一連幾次皆無所獲，茫然席地而坐。我說母親，這是什麼年代了，您怎麼還再找菜脯吃啊？她雙眼呆滯的看著我，良久，無神，不發一語。

翌日，我悄悄然從苗栗客家莊，購回一斤色澤相似的菜脯，偷偷的置於甕中魚目混珠一番，沒想到脆弱得禁不起她的嚼驗，三兩下就被輕易識破，母親一向認為我神經大條，喜歡牛頭不對馬嘴隨便撮合，笑而不語，未有任何責難。

當然，我不會就此作罷！我將家中的菜脯和買回來的菜脯仔細品嚐相較，希望能找出破綻所在，經詳加分析，斷定是出在菜脯的鹹度。找一個假日驅車南下苗栗公館，品盡二十餘家的客家菜脯，找到最相近的色澤，最近母親口味鹹度的菜脯，頂著如墨的夜色，躡手躡腳以相同的手法炮製後，暗自躲在被窩中咯咯的笑著。沒想到翌日的清晨，在半醒半眠意識仍未清醒中，便黑碌碌的討母親一頓挨罵。

這是我再度遭受挫敗。接下來我又有四次的行動，以不同時間的菜脯少量混入甕中權充，亦分別為母親識破，我不得不佩服母親極其細膩的味覺，如同茶葉大賽中品茶師傅，可以在眾多口味相同的茶葉中分出等第。嚴格的說來，這是母親經年累月匯聚的經驗，我想除了味覺之外，一定含有相當成分的嗅覺、視覺、觸覺，以及無法以詞彙形容的各種感覺，就這樣林林總總夾雜在其中。

我真的沒有國父革命十次失敗仍能不屈不撓的精神，索性開門見山直朗朗的詢問母親，母親許久不言一語，卻禁不起我一再的糾纏，隨性的應答：沒汗沒汁，騙鬼毋識（騙鬼不懂）！

隔日清晨，我在睡夢中聽到茄苳溪對岸類如擊罄的砰砰作響聲，起身後驚見母親神色自若的以鐵鎚擊甕，碎片四處紛飛，嘩啦落地。我為母親這種瘋狂的舉動嚇得兩腿發軟，心中不禁打起了悶雷，火速的以電話聯絡哥姐回家，母親卻若無其事的說道：偓（我）留三年菜脯，今晡日開始，愛下田種菜頭，唔（不）領政府个休耕補償金。我對母親突如其來的舉動百思不解，唯一讓我聯想到的是歷史中，項羽大戰章邯於鉅鹿時，當部隊渡過漳水以後，他命令士兵將所有的船擊沉，並且把吃飯的鍋碗全部打破，持三日糧，以士卒必死無一還的破釜沉舟決心，加深了背水一戰的意志。假若再不種菜頭，就無菜脯可吃了！

我們兄弟為母親這種石破天驚的強大意志折服，紛紛志願加入拓荒大戰的行列，母親將士用命奏了奇功。母親一生未讀過書，如此觀來她深諳用兵之道。

那日清晨，正是深秋，我舉鋤率先走進休耕的田園，雜草叢生，驚見蟮螂出沒，白蝶紛飛。既無花朵，不知蝶為何來？抬頭一望，乍見一棵野生的菜頭莖葉隨風飄蕩，因為早熟已超過了採收的時節，開出了動人的點點白花。沒想到母親的菜園雖已荒蕪，但是終未衰敗滅亡。

這麼多年來，菜頭依舊年年開花落子，生生不息。足資證明這塊田園，是菜頭的不老園，它們將代代相傳，許下了生世不老的願望。

我在烈陽下辛勤耕作，母親弓身的播種，流下了黑汁白汗，九降風迎面襲來。我可以體會，這些菜頭飽嚐母親的汗水，在風的流傳擴張中，早已相互感染出同樣的氣息，在這塊土地上日夜吸收田泥的芬芳。

我突然想起了那個夢，彷彿我就在夢境的外頭。此刻陽光正好。菜脯正香。

螳螂問道

莊公曰：以為人，必為天下勇士矣。於是迴車避之。

——韓詩外傳

在我們家田畝被徵收的過程中，知進不知退的頑抗，不量力而輕就敵，那人，是我的螳螂父親，徹底的堂吉訶德形象。

穿著芳草碧羅裙的螳螂，客家人以「挨礱披波」稱之。和螳螂說話，父親似乎與生俱來，一看到佇立凝思的螳螂，旋趨前反覆以「挨礱披波」叫它的名字，螳螂會配合父親講話的節奏，將兩肢長臂前推後拉。挨礱，是從前農人以手工碾米的時候，挨來磨去的動作，對父親來說，螳螂這動作討喜，早把它視為一種物阜年豐的昆蟲意象。前推後拉，挨礱披波。

二十多年後，在祖田的原址，來了一隻螳螂。八十二歲的父親和同住在華廈社區一個國小一年級的學生，為中庭花圃發現的一隻螳螂互不相讓。究竟是誰先發現的？小學生說，看見它在花圃間通道上發呆，父親則堅持和這隻螳螂似曾相識，表示更早以前就認識它了。社區警衛判定是父親的，理由是這隻訓練有素的螳螂，能熱切與父親互動。前推後拉，挨轡披波。小學生哭喪著臉回家，父親將螳螂帶回九樓陽臺，置於盆栽的綠枝嫩葉上，希望它就此樂不思蜀。

它，是從何處來的？又如何讓父親似曾相識呢？頭前溪岸的竹北，曾經阡陌田野，七〇年代，縣政一期都市計劃，馬路初具雛形，昆蟲就大舉搬遷了。如今，高樓大廈車水馬龍，在象徵強大文明的網路社區，如何來了一隻發呆的螳螂？迷路了嗎？或者是跟父親一樣，在高樓上說他的腿越老越發沉，像會陷下去。到了一樓，路過中庭，走出大門後又躊躇不前，狀若迷路。於是，他來回的在社區中庭打旋磨，猛然停住在通道上，呆定若失或說是若有所思。設若父親沒見過它，肯定就是螳螂見過了父親。

我猜想，螳螂和父親都迷路了，杵在通道上茫然無措。又重複習慣性的迷路，如同身處大規模的迷霧，看不見去處，不管走到何處都是迷途。其實，父親迷路的病灶由來已久，從二十餘年前，那張都市計畫圖開始。馬路牽腸掛肚，一筆一畫糾結父親的心田；住宅區、商業區，區區塊塊結成父親心中的鬱壘；田畝邊陲的那片竹林，架起了體育場的看臺；看不盡的田疇呀，高樓大廈株株種進地頭地腦。父親的腦筋短路了，他站在推土機前，喝鬼罵神的抵抗一條文明道路向前推進。

事實上父親是有勇無謀，顧前不顧後的。怒其臂以當車轍，卻不知道田畝的後方已被大軍壓境。他沒讀過書，不懂得聯合對抗，卻一步步的被政策包圍。不少年輕一代田畝的繼承者，歡喜接受徵收媒合，年長者誤信揑詞遊說，相繼棄守田畝，搬遷至抵費地重建家園，父親陷入了單兵作戰。夜晚，他面對一張徵收同意書呆愣了好久，飯桌前燈火徹夜未眠，朦朧朦朧中，他發現自己不再是個文盲，他突然看懂了那張同意書的內容大意，他看見那些標點起了變化：逗號的苗芽、句號的瓜果、密密麻麻的鉛字是塊塊的沃土田泥。他堅持不肯用左手的大拇指，按捺出他一生的心血。

翌日清晨，父親就此步入人生漫長的迷途。從毗鄰我們家田畝的左方，兩側筆直的水溝，勾勒出道路的模型。更遠的右方，路也誕生了，對準我們家的田畝而來，兩方遙遙相望又虎視眈眈。父親若帶驚惶，像是兩方奔馳的車，在靠近他時戛然而止。父親失神問道，這路，要去哪裡？那道，又要歸何處？他佇立在田畝的中間，凝思許久，一派螳螂模樣，似乎為自己顧前不顧後，不夠機警而悔愣不已。推土機又來了，又多又急，在更遠的遠方，以道路的雛形架構都市的棋盤。父親一連數月佇立在田畝的中間，雲蕭索，風拂拂，他試圖要擋住推土機，在自家田畝的肉身上開腔。

協議不成，照價收買。父親無法以雙手堵住文明的水壩，如同擔大肩小無法一肩承擔，拒領的徵收補償費很快的被提存法院代管。數月後，田畝的天空線變了調，父親經常在田畝間迷了路。每每父親回家後，他總是說今天又累又忙，說去參加婚禮，又說去參加喪禮。又說，像是婚禮之中夾雜著隆重的喪禮。在都市計劃大規模動工期間，他失魂失魄在田間遊走問道，這路要往何處？那道又將通往何方？父親究竟哪裡去了？這場非你情我願的徵收強制媒合，買斷了父親拽耙扶犁的歡笑。分不清是出嫁出喪，數不盡的白天夜晚，這場生命中荒謬又莊嚴的典禮，漫漫悠悠，父親被命運安排，中途不得離席。

我想父親應該是病了，重複迷路、遊走，又勇敢的站在路中間，大哉問，每日問，道如何？田如何？帶父親去看身心醫學科，醫生說他患了精神官能症，不停的強迫自己，重複做同樣的事，有可能是精神焦慮肇致的。為了舒緩父親的病情，我決定帶父親遠離竹北，到台中居住二十多年。這中間，父親屢屢要求要回鄉種田，為了避免他觸景傷情，偶帶他回鄉探親，又速速驅車離開。我向他承諾，等我退休後，我將帶他一起回鄉溯溪覓地，劈草蒔田，終老一生。

幽居台中城公寓，偶遇假日，儘量帶父親出去走走。一次，在北屯大坑的遊樂園，他和小兒同時進入遊戲迷宮。迷宮城牆以巨石砌成，塗上綠色的油漆偽裝，遠望與青山同色。孩子出來許久了，卻發現父親依舊深陷在八卦陣裡。因為移動方位的陰錯陽差，我遍尋不著。再進去，突然又聽到他的聲音，在我的隔牆，頻頻以客家話問道，這路要去哪兒？這邊又要往哪兒？哪裡又是他的田？我急忙放大音量，告訴他我就在旁邊，要他原地不動。當我看到他時，父親立於行道中間，不畏來往學童的跑跑撞撞。佇立，凝思，在綠油油的背景襯底下，我在百里外的台中，驚見故鄉那隻芳草碧羅裙的螳螂。

頭前溪岸的竹北，近年青畝漸消，早已蛻變為水岸之城。故鄉的嬸嬸說，園區的科技新貴們喜歡道地的客家味。她在社區一樓做起拿手的客家野薑花粽，兜售停經後的田園風光。她提議爸爸回去一起賣粽，我無法改變父親的決定。心想，人總該落葉歸根吧！人類文明隨著知識的暴漲躍進非凡，為了生活生計，卻忽略了生命生機。設若強制徵收對父親而言，是一件無可彌補的誤謬，總不能再讓父親多出一件無可挽回的遺憾。下定心意在祖田的原址，買了一層九樓公寓。早已習慣城市生活的父親，或許是境由心造吧！重回溪岸後，旋即舊病復發，像被土地的魔咒緊緊追緝。

他又經常重複迷路了。徘徊在社區通道，出了社區大門又繼續找他的田，他總是不知不覺。我回家，看不出異狀；我離家，一切又變得荒誕。我以電話問他的生活家常，他對答如流；掛下電話不久，嬸嬸來電向我告狀，說父親目前深陷車流。陽臺上的那隻螳螂兩天後就不見了，父親在電話中千叮萬囑，要我找一隻螳螂回家。只是在大冬天找螳螂並不容易，我上網蒐尋昆蟲商店未果，四處向友人打聽，哪兒有賣螳螂的地方呀？經朋友介紹去北屯大坑找了一位昆蟲達人，我隨他爬上觀音步道，在一棵桑樹上，發現一個藥名「桑螵蛸」的螳螂卵鞘，色呈黃灰，大如手指肚，其上有數個胡椒孔般大的凹洞，我將其帶回竹北，希望春暖孵化後可以爬出許多小螳螂來，以解父親對田園的思念。

父親怕它凍著了，放在屋內早晚看顧。冬去春來，拿至陽臺盆栽，置於嫩枝綠葉上，希望它土生土長，安居樂業。只是千呼萬喚望眼成穿，卵鞘依舊，直到晚春仍沒鑽出一隻小螳螂來。父親悵然。我想，這個溪岸似乎已經不是他（它）們真正的家了，螳螂和父親一樣，去不了要去的地方。為一個已然不存在的目的地迷了路，恐怕已經更加遙不可及又相見無期。

嬸嬸又來電話，說父親在竹北千軍莫敵。這次，他站在車潮洶湧的光明六路車道中間，擋住像龍一樣長排的車輛前行，眾人紛紛迴車避之。嬸嬸問，他，究竟想去哪兒？他阿Q了嗎？我告訴她，父親正是阿Q大俠堂吉訶德，不自量力卻勇於夢想。夢想回到從前，回到一場婚禮夾雜著隆重喪禮的地方，擋住那場儀式的進行。

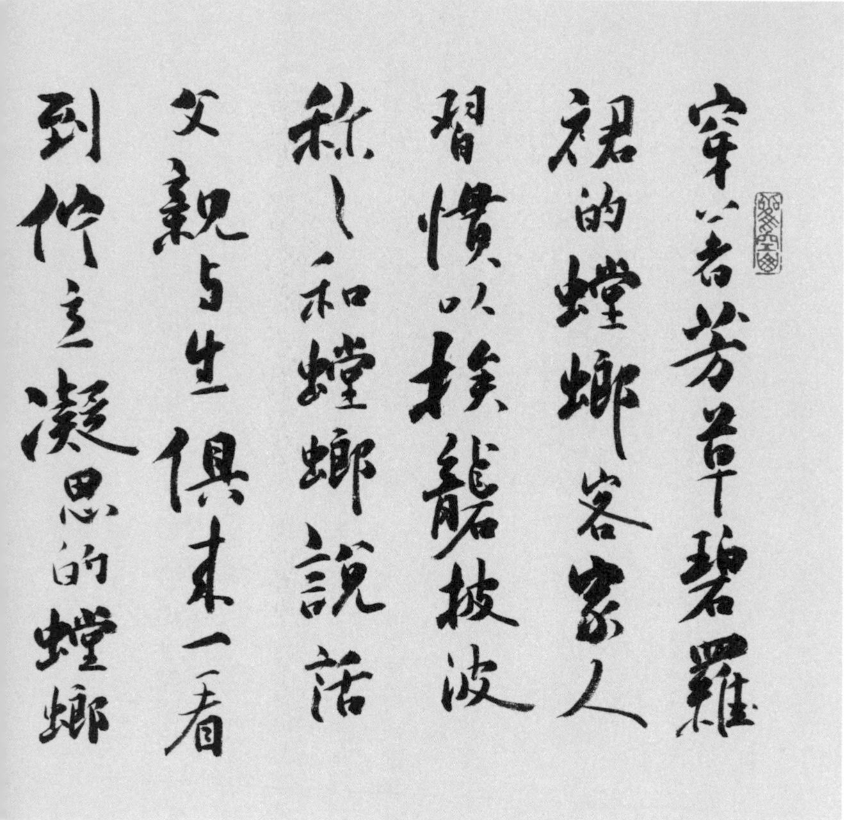

穿著芳草碧羅
裙的螳螂，客家人
習慣以「挨礱披波」
稱之，和螳螂說話，
父親與生俱來，一看
到佇立凝思的螳螂，
旋趨前反覆以「挨
礱披波」叫它的名字，
螳螂會配合講話
的節奏，將兩肢長
臂前推後拉。
錄自作散文〈螳螂問道〉
甲午新春葉國居

旋轉前以反覆以挨
礱披波叫它的名字
螳螂會配合講話
的節奏將兩肢長
臂前推後拉
錄自作散文螳螂問道
甲午秋春葉國居

雞母蟲醒來的時候

我的父親，是不折不扣的雞母蟲形象。

早在手推式插秧機漸次取代手工蒔秧的年代，父親就開始投入育秧工作。從最初幾十個木製秧盤，到後來數以百計的塑膠秧箱，他打造了一個屬於自己的育苗世界。規模不大，但足以賣秧養家。

育秧少不了泥土，從後院的田畝，將田泥挑回禾埕，以鋤搗碎，以鐵絲網篩出細泥，再將顆粒較大的泥卵，以手壓或腳踩的方式磨碎，再篩，最後與後院的堆肥摻和。父親避開了白天炎炎的日頭，從傍晚開始將泥土裝入育秧盤，以竹器抹平、撒種、澆水，然後在其上鋪一層細泥。天將嚮明，以手推車運送至田畝置放。在一年二期長達月餘的育秧期裡，不管我是如何晏起晏眠抑或早睡早起，感覺他昨夜好像沒有回家，父親就在土堆間過了一宿。

從某一個角度看來，他靠土為生，以土為家，經年累月後，一個男人就被冠上一個封號，雞母蟲。

雞母蟲今年上水果月曆了，他被安排在七月，自己覺得興奮又新奇。只是種稻一生的父親，相片中的他，抱著的不是水果，而是一把纍纍金黃的稻穗。

鄉公所將行之有年的水果月曆做了變革，改請鄉內的老農擔綱月曆的主角。原來本鄉的特產紅龍果、西瓜，番茄等，近年產量日漸式微，也被水稻、芋頭、菜頭之類的農作取代。皮膚黝黑，笑容燦燦，父親和日子靜靜的掛在牆上。

其貌不揚的紅龍果，今年，它從牆上的月曆被趕到牆角下吐出了滿地血汁，瘦骨伶仃的阿土伯，騎著機械狼四處兜售卻乏人問津。父親攬下阿土伯家中滯銷的紅龍果，拍胸脯要當白老鼠，幫阿土伯見證紅龍果沒毒。三餐外加宵夜拚命的吃，一早便瘋頭瘋腦見人就說，他昨天吃了很多很多紅龍果，甜滋滋，面惡心善啦！

靠河的浮覆地，拜河神賜與沃土膏脂，種瓜得瓜，種果得果。十幾年前，大型鐵皮屋悄悄種進青畝，煙囪以鶴立雞群之姿睥睨農作，水果的特色在不知不覺中褪色了。在比雁子列隊飛行還高的天空，沒有人發現夜色如墨之際，星星少得可憐。

專家說，近年來此地的空汙越來越嚴重！

每個白天，父親定時就會跟專家唱反調，忿忿的說，專家專門說沒下頷的話，白日青天，空氣透明，鬼膽敢亂亂來。邊講邊大口深呼吸，使盡全力將空氣吸進肺裡。

「沒死呀！」語畢，父親睜大雙眼，握拳，篤定。

火龍果植株莖部，明明安座在竹架之上，卻腐敗如泡水，聽說是被一種臭氧鬼曇曇降落，如靈魂附身，任憑專家會勘、鏡檢，也抵抗不了整株莖部的白化、枯腐。番茄的表面燒枯壞疽，肇因傳說是酸性的廢氣鬼大規模靠攏，來去了無蹤。不過，不管是聽說還是傳說，都是沒根沒苗的，父親堅持認為，就算真的有鬼，那廢氣鬼、臭氧鬼，也全部是天上的鬼，在晃悠悠的月下，雲飄飄的來。

他自願當白老鼠捍衛紅龍果的那股熱血，其實是一種焦點轉移的策略，更遠的目的，是避免天上戰火燒到地下來。說明白些，他擔心的是電視新聞報導，整塊田死去的那一種，種的農作，會生長卻不能吃。他深怕自家的田，會因為土質汙染而被禁耕，別人已經得癌的田土會像傳染病一樣，輕輕來叩門。

雞母蟲吃土為生，他在乎的是土。浮覆地每一回黑風孽雨後，洪水刮石割土，界線都會重新洗牌。這裡那裡是誰的稻，這地那地是誰的田，誰大誰小的田地糾葛易結難解。九〇年後，平面的界線之爭，驟轉為立體的質變之議。父親已然年邁，足窩兒略顯鈍癡，將浮覆地轉租他人種稻，阿土伯則雇工栽種時下流行的紅龍果。他們雖未下田耕作，但仍照三餐巡田，赤腳與田泥竟日相親，腳丫沾滿的田土，早已長為肉身。

一夜，父親驚坐醒來，汗流浹衣，滿身疼痛。

感覺他在寐中，被一種地下的偷土鬼潛入暗中皮裡抽肉。清晨，他發現在我們家與阿土伯家田畝的中間，被挖了一個大窟窿，泥肉去向不明，現場數具機械怪手聳然而立。父親疾趨回家，打電話給早已搬遷至城市，那塊田畝的主人，卻從電話那頭傳來地主兒子的聲音，說他爸早死了，現在他要整地，旋即斷話。

父親呆定若失，總覺得同一輩老農的「死」，傍河長長的浮覆地上，就好比繩子在中段打了一個結，新一代的繼承人與仍在耕作的老農各執一端，分別走入不同的兩極。結，越來越緊，沒得商量。

那個夜晚父親疼痛加劇。怪手徹夜刨石刮土，深入臟腑。白天，他站在自家的田埂上，驚見毗鄰的田地已成一個天空，天空一天天越來越大，積水沉澱後白雲千里。他與阿土伯奔相走告，納編村中老弱連夜埋伏示威。機具在午夜響起，十來個白頭堆雪的老農，扛鋤拿擔向前圍去大聲呵喝：不准再挖了！

浮頭滑腦的偷土鬼，壓根兒就不把他們放在眼裡，使羊將狼的結局早可料見。自此之後，偷土鬼變本加厲，索性光天化日下大肆開挖，父親日日在黃昏時，站在自家田埂上，目送砂石車來去。夕陽將他的影子拖長，一架怪手直接為他開腔，載去不知名的遠方。

數日後，地底下的天空冷不勝防迅即回填了，如同造物者在頃刻間移山倒海，速度之快令人咋舌。土，不是原來的土；肉，不是原來的肉。換膚的肉身，一眼望去，真假立判；移植的臟腑，又恐早已包藏禍心。鯽魚在河水中唼喋，三不五時冒出不安的泡泡，父親心知肚明，河同水密且水土難分，但仍非常堅持那畝田地蔓生的雜草，不可爬上我們家的田埂。他怕傳染病會流行，有一天我們家的田土也會染上惡疾而亡，只要想起這件事，他就會不顧一切放下手邊的工作，去斬根除草劃清此疆爾界。

雞母蟲神經兮兮的，靈魂宛若真的被卡車運走，整個人變得默然。

事件之後，浮覆地耕種如昔，年輕人早已離鄉入城，整個村落沉甸甸的，像是患了集體失憶，或是共同預謀佯裝若無其事。即便晚近臭氧鬼與酸味鬼，影響諸類水果的收成，父親將浮覆地租與他人時，堅持承租戶一定要栽種生命力強的水稻。他告訴阿土伯，別種紅龍果了，浮覆地本來就是種水稻的。雞母蟲試圖以生命力強韌的水稻，頑抗田畝病入肌理的可能。

春天的時候，苗芽正興。他偷偷將月曆翻到七月，深怕到了時候，就得任由大家使嘴使舌了，於是先行自我評論一番。側頭往上瞄一眼，瞬間又放下來。父親發現自己老了，抿著嘴笑了起來，嘴唇稍鼓旋又陷落，直覺得遺憾，就是那把飽滿的稻穗是借來的，一種無由的憂愁。

一期稻作植秧後，生長速度是正常株的一半高。稻葉出現黃化，密布大小形狀不一的紅褐色及深黃斑塊，嚴重者葉片枯萎捲曲。農糧署與地方農業局官員來來去去瞭解肇因。父親聽不懂國語，站在一旁，聽到碎碎一派私語，在地頭地腦，在壟在畦，在血脈的溝渠旁，像是惱人的田鼠唧唧，窸窣窸窣擾人心緒。

這件事情是剛開始嗎？還是由來已久的大模糊？或者是跟地底下的天空一

樣，早已發酵成為大混沌的故事？

對父親而言，他不希望知道真相來自害怕真相，如同他明知道自己身體有恙，卻故作堅強。真不得已面對醫生，卻侃侃而談他人的瑣事試圖隱瞞。土壤醫生要來檢土，父親突然成了一個話口袋子，逢人即一再重覆告人，偷土鬼在毗鄰我們家的那塊田畝所做的惡行惡狀，流利的臺詞像是熟背激昂的演講稿。父親說的盡是別人家的田畝被換土抽脂的事，聞者像是在聽一則乾巴巴的故事。看他講得如此用力，至多向父親敷衍二句，真夭壽。

五月了，月曆上的雞母蟲仍被日子掩蓋，再過二個月，他即將成為月曆的主角。這些時候，專家在浮覆地陸續採樣檢土，移植試驗密集。父親認真聽他們咕噥，亦步亦趨緊緊跟隨，深怕他們無洞掘蟹的冠以汙名。專家採一塊土，父親也在原地挖了更大塊的土回家，坐在向晚的屋簷下，用手挲摩泥塊，自言自語，磨磨叨叨的放送演講稿，由緩入急越罵越激昂。

依照往常，三月一日蒔秧，約莫七月十日收割的一期稻作，六月下旬即提早熟收成，拔起根部組織盡呈腐黑。承租戶表示收成不好入不敷出，第二期的稻作打算不種了，父親無法坐視田畝休而不耕，毅然以八十之齡重作馮婦，黑家白日的從後院搬出育秧盤，以畚箕少量裝回田泥，在禾埕以鋤搗碎，用鐵絲網篩出細泥，不過數日，我們家又再現多年前，土堆峰峰相連的育苗光景。

父親埋首裝箱，以竹器抹平，忘記七月一日的到來。那日晚間，禾埕呼啦啦一派風聲，村長和縣農業局的官員前來，父親在土堆間穿梭著，官員透過村長向他傳達土地禁耕的消息，整遍浮覆地因水質重金屬含量過高，毒素隨著植物生長累積在農作之上，會造成人畜食用的危害。

父親不發一語，禾埕烏黑凝重。

「阿慶伯，種个東西也食不得啦，無好做白工啦！」村長上前勸說。父親以掌推土裝箱，抹平，猛然停住。

「雞母蟲，種也係無效啦，企起來啦！」阿土伯拉起父親右肩。此刻，雞母蟲彷若真正清醒，意識到自己將告別這塊土地，危機四伏。右肩一聳，使力往下一拉，低頭往土鑽去，將泥土拚命的以左手右手、左手右手、左手、右手，使勁的抓往兩旁撥去，隨後把頭一股腦兒鑽向泥堆。

眾人駭然退步，慌得阿土伯急急拉起父親。他卻拚命蠕動往土堆鑽去，阿土伯再次使力以雙手用力攙扶：無好恁樣啦，轉屋啦！

田不成耕，天無皂白，夜墨黑沉重。數日後，接父親到城裡定居，他鎮日不語，我早知他骨子裡的想法，卻仍安慰父親，就告別那塊土地吧！他沒有應答。

次日凌晨四時，電話鈴鈴作響。

「請問是廖三慶的家嗎？這裡是四平派出所。」

父親不見了。他起床後以棉被套充當包袱，帶了衣物要徒步回鄉，在郊區的田畝旁摔倒了。路遠迢迢，他仍堅持在每個天光初露，走向心靈的故園。

「受傷了嗎？」我問。

「還好，滿嘴沾滿黑泥，烏油油的，怎麼讓老人家深夜在外吃到堆肥呢？」

「啊！」我急忙打斷來話解釋，當雞母蟲醒來的時候……

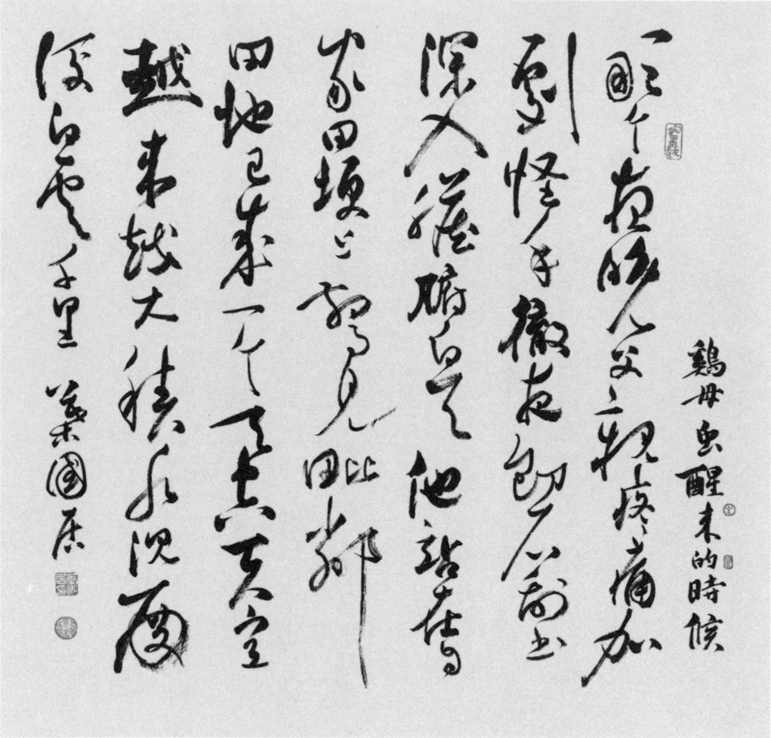

雞母蟲醒來的時候

那個夜晚父親疼痛加
劇。怪手徹夜刨石刮土，
深入臟腑。白天，他站在自
家田埂上，驚見毗鄰
田地已成一個天空，
天空越來越大，積水沉澱後
白雲千里。葉國居

討土

身心安處為吾土，豈限長安與洛陽。

——白居易詩句

我家的九樓公寓有一畝小田，但不是空中花園。

「我要回家！」父親坐在客廳直朗朗的說。回家？不就在家了？還要如何回家呀！他的語氣帶些驚惶，說話前嘴角微微蠕動，像是嬰兒要大哭前的激動模樣。他一天會說好幾回，回家好多次。我習慣了，他要回家，我總是怯怯偷瞄他。起身、進房。

房間直通陽臺，天空高高在上，麻雀飛不上來。父親緊閉房門若帶防備。睡覺嗎？打旋踱步？抑或坐臥不寧無以探究。我會側耳房門，希望能夠瞭解務農的父親，可否適應鼎沸繁華的都市生活，和父親隔著房門諜對諜。於是，父親究竟是早睡早醒，還是晏起晏眠？半年來我繃緊神經測密，卻萬般無力。宛若他真的住在他的家裡，我，在我家，三十坪大的房子家中有家，像是益智遊戲的盒中盒，裝著不同的天地。

再早之前，我家門前有大河，父親在河川浮覆地上起厝，過著黑家白日的耕事生活。河的兩岸是百年來臃腫的河水，帶來的沃土膏脂，沒有權狀地契，格局凌亂卻界線分明。這些土地都是河神的賜與，祂可以給你，也隨時可以拿回去，可是族人從不這麼想，他們要的更多，可以在夏天時，多植兩棵瓜苗，那藤像蝸牛無聲的爬，貼近水流；藤鬚則像蝸牛那兩根天線，不斷在測試河流可以瘦身的底線。五〇年代，我們家的土地不是花錢買來的，是父親賭來的。狂賭，而且每一回都在賭命。

氣候非常惡劣，吹起旺盛的西南氣流，父親在黑風孽雨中失去了靈魂，他右手握著大鐵鎚，左手摟著數支一頭削尖的木樁，臂顯青筋，足窩伶俐，幾杯米酒下肚後剎成風雨英雄，眼神銳利像極了對準獵物即將發動的狼。心竊竊暗算，只要河水高峰一過，他便要去地頭地腦插旗圍地。

每一場大雨都是一盤賭局，靠岸的田都會重新洗牌，這時誰先在水中插樁圍地，就是他的田園。族人為了生活從山上到山下，像一隻流浪的動物以撒尿宣示地盤。來到大雨滂沱的河前，水聲澎澎作響，父親先將一支較大的木樁牢釘岸上，一頭以繩繫緊，另一頭繫住腰間，右手持鎚，左手持樁，微微以馬部之姿蹲穩，碎步移動右腳，再拖動左腳，側走如蟹涉河，洪潮滑起的浪頭像被掠食驚恐的飛魚猛向前竄，父親用怒吼壯大聲勢，一步步向河水走去。我屢屢在岸上握緊雙拳，用力的向他大喊：

不要再走了！

他彷若聽見了，又彷若沒聽見，父親有些不穩的晃動但仍試著抵進向前，真的不能再走了，才停下釘樁，我在岸上滿心焦急，聽到匡匡的敲打與轟轟水聲交錯，等父親完事拉繩回岸，他會先坐下來，胸肌不停的抖動，臉上渾濁是水、鼻孔溢出涕液，如同拳擊比賽的中場休息時間帶些狼狽。接下來又要釘下一支木樁，我又繃緊神經盯住父親，深怕他離開我的視線。渾濁的浪頭已快淹蓋父親，彷若看不到他了，我開始驚恐的在岸上慌張哭跳，使盡力氣按住岸上的那根木樁：

不要再走了！

失去靈魂的父親彷若聽到了，又接二連三好幾次來回後方才竣事，而後癱坐岸旁，我微微低頭看著他，他微微的仰頭看著我，我掃描父親那張討土的臉龐，幾分英氣中浮現族人離鄉背井討食的辛酸。木樁圍成的那塊土，是退水後我家的新田。

當時住家的上莊，出現一個傳奇人物——歐溜寇。頭小體大，比例不成人形，聽說他出生後，其母以為是不祥之物！旋即以破布裹身，天剛露白，悄悄，跨奔田園，棄於河畔。歐溜寇靜靜的睡著，水流嘎嘎，母親驚惶跌踉而回，孰料方至門外，歐溜寇已在房內號啕大哭。這件事是否為耳食之談我未能大白，但卻是我們同儕小時候閒談的話渣。我見過他，那時歐溜寇已三十好幾，像不倒翁底盤大而穩當，慣穿一襲大大的紫衣，長髮披肩非常打眼，族人都叫他土鬼。

聽說土鬼是水神送回家的。水不是送土，就是帶土，歐溜寇就是水神送的土。我覺得他比較像瘦頭體胖的海狗，深諳水性，時常在眾目睽睽下表演在洪水濤天時涉河過岸，圍觀的人屢次見他已被惡水淹沒了，直說他死定了，幾天後他又出現在村莊，大吃會扭腰的武昌魚，說是過水時抓到的。他與父親年紀相仿，父親插樁前都會叫他到家中喝兩杯，他會滴里嘟嚕說了一大串，預言父親會討回許多土地，果真未曾相左，父親也屢屢安然遂事，溫飽全家。

好景不常，土鬼在我國一時，有一次真的被河水帶走了。土鬼一走，土也被帶走，河水竟在他死後的第二個夏天轉了水向。

每一條河都隔著兩個世界，河神是統領，縱欲濫情，在祂的胳臂內彎與外張之間，從不公平，父親是極少數的族人，錯亂荒唐同時生活在兩個世界。

六〇年初，我家河東田園如同戰敗割地，洪水鯨吞蠶食，青畝漸消，代之的是詄蕩蕩的水域，我很渴望聽到土鬼又在死亡中復活的消息。十年河東十年河西，此消彼長，對岸的地主是平地客家籍的光棍莊阿財，是一個財大氣粗的坐家虎，一張饞口喝鬼罵神的，瞧不起父親的窮酸，又對我母親百般示好，早有所圖。

河東失土了，無土不能成地。坐家虎卻是時來運轉錦上添花，良田之外頻添新田，莊阿財卻乘時提出換妻換土之議，要求我媽跟他，對岸的浮覆地就送給爸爸耕種。別人討妻，父親討土，這是個荒唐錯亂的現代版悲情，那年我的嘴角剛冒出細嫩的鬍鬚，要大不大說小不小，在知與無知間矛盾無措，我把全部的希望寄託土鬼復活，終如幻影破滅。母親為了肚皮低頭，在東岸離婚，在西岸結婚，父親從東田耕到西田。

那天我哭著，我看著母親過河，我望著父親過河，去另一個世界。

我看著母親過河，我望著父親過河，去了不同的世界。

隱忍外人的調唇弄舌，故作鎮定佯裝的若無其事，那是父親。而四十年來，每當別人問起母親，我嘴上的輕描淡寫若有似無，但內心的深處像田螺爬行水田，淡淡的尾絮溝紋，有一種漫漫的孤獨憂傷，耿耿不滅。

這幾年，極端氣候動輒土石成流，浮覆地滿布石卵預言耕種的坎坷，洪水不計東西割石刮土，兩岸浮覆地在同一時間都不見了。接著政府規劃建路，經過舊宅，父親在沒有權狀的情況下，未獲分文補償被勒令遷移。這天地間的具象之河與生命中的抽象長河，交會出來的狂風暴浪一發難收，讓父親猛然消瘦，但仍堅持要在竹東鎮租屋居住。我知道他不想離開那塊土地，像大樹即使被砍走了，根還是穩扎扎的留在那裡，即便滄海桑田，那塊浮沉若夢之土，是人生不能位移的座標。直到今年因病一場，他才在半推半就下到城市定居。

種子懷抱著發芽的夢想，父親栽種的欲望未曾停歇。他從鄉下帶來城中數包種子，半置老甕，半置於一只粗糙木箱，放在曬衣陽臺上，秋冬交錯雨落不歇，濕氣深重。某日深夜一聲悶響，父子尋聲探究，駭然看見木箱被鼓散數塊，但見豆子發出長芽洩出箱外，我和父親相視默然。雨滴順著牆面流入缸甕，數日後夢見苗芽銳利朝我刺來，驚坐而起急趨陽臺，拿起缸蓋時，一股力量往上撐起，驚悚發現豆芽鼓脹，缸甕出現數道裂痕。父親站在深夜的廚房不發一語，相較我的惶惶，他淡而沉默，好像所有的事都在他預期之中。我覺得從某一種程度來說，父親的心應該有一片土，那是詞彙中的「心地」和「心田」，這樣那樣的種子，在這般那般的情況下，鎮不住它日夜的滋長抽長。

心如土，而人之性如水焉，置之圓則圓，置之方則方，此乃古人至理之言也。父親這一生飽嘗得而復失的辛酸，討土與失土之間，正是患得與患失之始。細細碎碎的雨夜，他熄燈，捻燈，來回如廁；大雨咚咚的夜晚，他房間直通陽臺的鋁門，鏘鏘匡匡，闔闔合合。他，在關心雨勢嗎？那憂鬱之水剎將掏空他的心土。為了滿足他日思夜夢的栽種想望，我到魚市場向魚販討了幾只保麗龍箱，讓父親在房間外的窗臺栽種少光時的蔬菜，從花市買回來的培養土，容易翻種也容易流失。父親開始向我討土，眉宇間有一種天真不識老的昂揚，浮現四十年前那張討土的臉。

我們家變得神祕了，半年來父親踽踽獨行外出頻繁，房門上鎖，每次回家黃色夾克的口袋總是鼓鼓脹脹的。在家裡大半時間躲在房內。白天，究竟在裡面幹什麼？設若是父親貪眠，房內應該聽得到他的鼾聲；又設如他在房間來回打旋磨，當我側耳房門時多少也應該聽得到恰恰輕輕的步履。很不幸的，我一無所獲，換得的是父親與日漸增的心防，在他開門的瞬間，他的眼神會冷酷的尋我而來，我的眼睛會快速掃射他的房間。真的很不巧，好幾次我就站在他的房門外。開門，有一些不爽的互瞄著。

今早陽光燦燦，過午細雨如織。臨時要到台北出差，我決定先繞回家中攜帶雨具再行上路，車子在文心路上最靠家的路口被紅燈擋下，我從一百公尺外，看到父親站在他房間外的陽臺，迎向車潮晃頭晃腦。綠燈了，車潮如洪水前進，我不顧後車的不耐煩與幹譙之叭，刻意放慢車速，向父親的方向靠近，注意父親究竟在幹嘛？他，在陽臺上有些不穩的碎步側走。從姿勢看來，應該是先移動左腳再拖動右腳。

那動作好熟悉呀！我彷若似曾相識，再繞一次。我與父親同時被停格在原來的場景，我微微的仰頭看著他，父親微微的低頭，綠燈了，車潮如流，父親又面向房子側走如蟹。我彷若感覺到這整座城市，潮濕的空氣已氾濫成水，父親載浮載沉的賣命釘樁，我心跳不斷加速，猛然，有一種迫不及待危急感：

「不要再走了！」破口而出。此舉驚動了左側二車的駕駛搖下車窗。

我把車子停在路旁，想起四十年前癱坐在岸上的父親，呆坐良久。父親不知何時不見了，我回神將車子駛進地下室，搭電梯上樓，在一樓撞見父親，他提著一袋微濕的土，我們相視未語後旋即低下了頭。台中台北來回途中，我一路焦慮不安，進入家門，父親燒煮沸水正要放下湯圓。我趁父親不注意的時候溜進他的房間，看見陽臺鋪上黃泥，撒上一層糯米種。一畝田，錯亂夾雜著荒謬。一畝小小小的田，那是父親安頓身心的故土家園嗎？我摩挲著嘴角上黑中冒白的鬍鬚，四十年過去了，發現自己仍然在知與無知間矛盾無措。

父親專心烹煮，我步出臥房坐在客廳沙發上，鼻孔流著涕液。我想起了：浮覆地。過河的新娘。滴里嘟嚕的歐溜寇。缸甕破裂的發響。我聽見匡匡的釘椿聲，敲動我靈魂深處的脈絡神經，傳來沉綿綿的痙攣和悸動。

鏘！廚房鍋蓋落地了。「湯圓煮熟了嗎？」我問。

我感覺自己的眼眶在發熱，滾燙著兩顆煮不熟的湯圓。

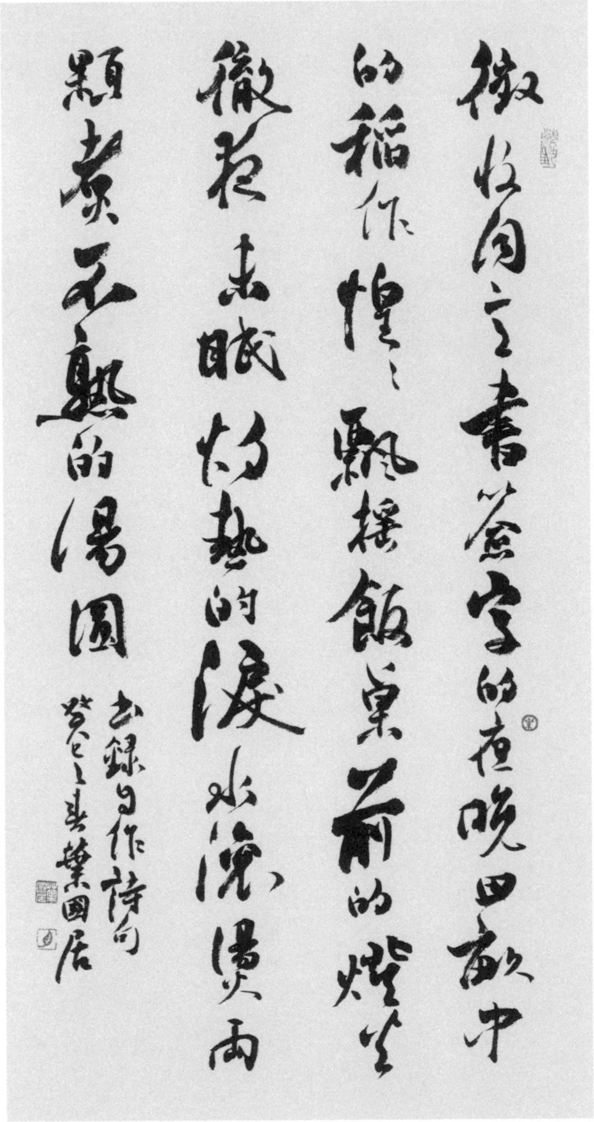

徵收同意書簽字的夜晚，田畝中的稻作惶惶飄搖，飯桌前的燈火徹夜未眠，灼熱的淚水，滾燙兩顆煮不熟的湯圓。書錄自作詩句癸巳之春葉國居

芥菜的證明

綠玉

我一直認為除了動物之外，一個人長久和一種植物在一起，同樣會被感染與植物相同的氣味和習性，嚴重時還可能會殃及身心。

冬日的客家田莊，母親拿著鐮刀，弓身割下芥菜的根部。芥菜根部長得生硬扎實，母親逐漸年邁的手勁，無法俐落一刀割下，她將身體的重心移至左腳，左手抓著菜梗將其壓低，右手來回的以刀推拉。像是在殺一隻雞，左腳按住雞足，再以左手壓穩雞身後以右手操刀，在同一時間，她以左手感受雞身的肥美。好大好大的一棵芥菜呀！

芥菜，是母親這一生經濟來源重要的一環。它在冬日的形象，是綠玉、白鑽、黃金和黑珍珠。當你在冬日走過阡陌縱橫的客家田莊，首先，你會為一望無際的綠玉駐足，然後深深屏息。在某一個角度看來，冬日的芥菜在母親心中，取代了一片綠油油的稻作，間距有序的排列方法，像是身著綠服，站在司令臺前等著校閱的士兵，顯得飽滿有神。當風吹來的時候，樂聲響起，整齊劃一的動作，盛大美麗。

天將嚮明，母親從刀架中取出鐮刀，蹲在後院的磨刀石前，以前推後拉的姿勢磨出嗦嗦聲響，我從磨刀聲中知道母親即將收割芥菜。長年以來，當母親霍霍磨刀時，就是稻作或是芥菜收割的前夕。年長以後，我時常用母親的磨刀聲來回憶童年的農村生活，那聲音是農忙前的蓄勢待發，是馬不停蹄的忙碌交錯，是我童年最深的記憶。如同我現在所居住的城市，偶爾，還有人搖著銅鈴叫賣，聲音迴繞著麥芽糖的香味，在我尋聲探究的同時，也一併回味童年。

芥菜的收割，是有所禁忌的。冬雨不適，露多不宜。母親不以黃曆為指南，而是以經驗法則來判斷良辰吉日。通常，在小雪和大寒之間，母親於觀看冬陽後，就決定採收的時辰。為了讓芥菜製成酸菜的過程中不致於腐爛變味，她在日出後便坐在在清晨的田埂中，看著，等著。等待芥菜上的晨露讓冬陽吸乾時，方才開始下田採收。採收後的芥菜平躺在田畝間，外表由於直接面對陽光的照射，漸漸的失去了它青春的光澤，由深綠轉成黃綠。內裡由於未直接面對陽光，依舊保持著翠綠。我立在母親的身旁，從她用刀的手勢中頓然發現，她手戴的玉環，色澤的排列酷似在田中曝曬的芥菜，淺淡的黃綠外圍包裹著清明的翠綠，在陽光的照射下，層次顯得格外鮮明。

玉鐲子是母親的嫁妝。聽她說，手上的玉環色澤隨著年歲漸次產生變化，年輕時整只玉環身著淺裝，年長的時候，玉環的內裡，長出點點如綠豆般的深綠。我確信，這和母親長年曝曬的芥菜有重要的關聯。

母親從來不曾脫下手中的玉環，就如同她從無間斷種植芥菜一樣。一只玉環，一棵芥菜，緊緊扣住了母親的一生。

黃金

母親是客家人，她種的芥菜，帶著客家的風味。

芥菜在田中，曝曬了一日冬陽。傍晚時分，母親挑著竹籃，拾撿田中的芥菜，將其一棵棵堆疊在籃中，如同堆疊積木，必須要整齊置放，否則堆疊越高的時候，崩塌的機率也就越高。大菜籃高及母親的胸部，一擔芥菜挑在母親的肩上，她的姿勢隨著臺地田畝的坡度向前傾斜，復加上母親逐漸佝僂的身軀，縱使夕陽有天大的本事，也拉不長她的身影。

芥菜做成酸菜，是母親拿手的本領。年輕時母親即有先見之明，有感於用小缸甕醃製酸菜的不便，她用磚塊砌成方形的大缸，長寬超過五尺，取代了大大小小陶製的缸缸甕甕。小時候，母親偶爾清洗，我就會乘時在缸中戲水，如同置身在現代的養生泡湯池中。

母親將挑回的芥菜，一層層鋪在大缸中，每鋪上一層芥菜，就撒上一些粗鹽，這樣的手法像是在醃魚。魚販收藏江海，母親收攏田園，那個大缸，是母親全部的心肝寶貝，珍藏著母親的心血，碧玉黃金。當大缸堆了滿滿的芥菜後，母親會將雙腳洗淨，立於缸中反覆的以赤腳壓踏，姿勢像是在舞臺上輕盈的跳舞，又像是在跑步，卻終究跑不出缸外。直到芥菜全身被壓揉萎軟，顏色反轉成更加的深綠，這個時候由於大缸中的芥菜，經過了壓擠，騰出了更多的空間，母親絕不會讓它就此閒置，她會再覆上一層尚未醃製的芥菜，依法再行炮製一番。芥菜是母親人生中最重要的一部分，看母親在大缸中踏著踩著，當大缸中芥菜越來越多時，矮小的母親就越來越高。冬天的芥菜，架起了母親人生美麗的舞臺。

每年到了這個時候，許多小販紛紛向母親探詢，他們都知道，母親手製的酸菜有道地的客家風味，價格不若黃金，但價值卻遠勝黃金，湯頭鮮鮮，是人生的香醇。當芥菜醃製完成，母親搬了幾塊大石頭壓在芥菜上面，大約醃漬五至十天的光景，整株芥菜轉黃成為酸菜，色澤真的像極了黃金，只要你一走近大缸旁，空氣中便流淌著清酸甘醇的味道。

母親撈起了一株株酸菜，隨著小販將清酸甘醇的味道，流傳到城中。漸漸的，我發現母親身上也散發著這樣的味道，像是無法抗拒的流行，無時無刻圍在母親身旁，侵襲、感染。親朋好友們以眾口鑠金的方式，把她冠上一個名為「酸菜嬸」的封號，一年比一年響亮，在繁華城中，在寧靜的客家莊裡。

「阿婆，您的身上有酸菜的味道耶！」鄰居的小孩如是問。

「清酸甘甜啦！」母親開懷的大笑著。

白鑽

竹竿在冬天，不是用來曬衣服的。當電影《哈利波特》上演的時候，有許多的小學生們，很羡慕哈利波特，抓著一枝竹竿製成的掃帚柄，便可以在天空飛翔。我告訴他們，這哪算什麼！假若你們在初冬到客家莊的話，你可以看到酸菜騎著竹竿，迎著風在玩騎馬打仗呢！

酸菜撈起以後，母親照例會將其做成福菜。她把酸菜一株株的張開，倒立掛在田邊的竹竿上，風吹來時像是一尾尾仰泳的魚。一串串排列其間，又像是栽種葡萄的竹棚架，灰黑的菜葉，就如同結實纍纍成熟的葡萄。說也奇怪，芥菜擁有多變的性格，不消二天，整株黃梗的酸菜，竟在短暫的時間裡，菜莖和葉脈變成白皙皙的，母親名之為「白鑽」。她將其放入月桂冠清酒的空瓶中，以圓形的竹棍伸進瓶口，扎實不停的擠壓，嘴中哼哼的唱著客家平板山歌，如同邵族的杵舞，在悠揚的歌聲中，婦女提起一根剛陽的木杵，往石板咚咚起落。待瓶滿之後，以塑膠袋封住瓶口，讓其發酵數月，製成芳香可口的福菜，市鬻供不應求。我發現母親在曬酸菜的過程中，黑家白日的在田邊穿梭流連，冬陽雖暖，但是為了讓整株酸菜，均勻的接受陽光的洗禮，她時而交換竹竿的位置，時而變動酸菜的方位，這樣的勞動讓她在冬陽中滴下了汗汁，我早已習慣她的頸項，終年留著白色的汗斑，隨著四季不停變遷，春天趨淡、夏秋轉濃、冬日最顯。

依照母親的說法，福菜需儲存一年，風味最佳，不足一年不夠香醇。我們在今年的冬天，開封去年手製的福菜，母親蹲在庭院，以細長的鐵鉤取出典藏瓶中的瑰寶，雙手捧著，她大力的吸氣，試圖用嗅覺感受它的芬芳，就在她低頭之際，我早已分不出福菜和汗斑，究竟，應該要如何的區隔！

黑珍珠

縱使已經年過六十了！母親的髮髻仍然盛開黑色的鬱金香花。聽說，在這個世界上，有將近四千兩百種的花卉，但卻只有八種黑色的花，其中一朵，是母親後腦杓的那朵鬱金香。黑色的花特別稀少，最主要的原因，是花的顏色與花瓣對光的吸收有密切的關聯。我們都以為太陽光好像是白色的，但實際上它是由七種顏色的光線組成。在這七種顏色中，紅、黃、橙的光線熱量較高，同樣顏色的花瓣對此能很好的反射出去，因而紅、黃、橙色的花卉就比較多。而黑色的花卉能吸收陽光的全部光線，當強烈的陽光照射在黑色花瓣上時，很容易被灼傷，所以，黑色花就特別少了。

但是在冬天，我們家就多了兩種黑色的花。

酸菜的嫩葉製成福菜，至於老葉片，母親將其曬得更黑，並讓其自然風乾，便成為馳名遠近的梅干菜。我始終都有一種感覺，母親頭髮與梅干菜，性質相同，產地一樣，他們都來自客家莊，由於接受冬陽長時間的照射，他們共同吸收了太陽全部的光線，當她坐在門檻，將梅干菜綁成一團團的黑花兒，像極了她捆綁自己黑色的髮髻。

母親偶用黑色的髮套，網住她的髮髻，從某個角度看來，圓溜溜的髮髻又像一顆黑色的珍珠。然而不管是黑色花也好、是黑珍珠也好，在母親的心裡都是非常珍貴而且不可缺少，因為梅干菜不能一年沒做，髮髻不能一天不綁，在悠悠的流逝歲月中，他們早已相互的感染，綻放成母親人生一朵美麗、黑色的花。一朵歷練過人世滄桑的黑色鬱金香花。

梅干菜和老酒一樣，在良好的環境中越陳越香，㶸肉蒸煮其味甘美；福菜燒湯清香四溢；酸菜清酸甘甜與芥菜鮮綠可口。這些熱騰騰的菜餚，溫暖了客家莊的冬天，而母親用她手植的芥菜，讓我們全家溫飽。

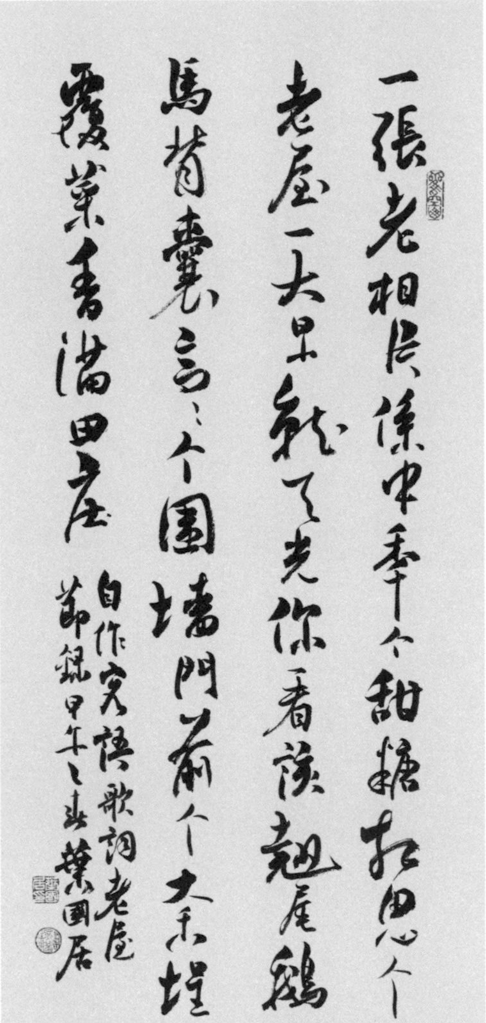

一張老相片，係中年个甜糖，相思个老屋，一大早就天光，你看該翹尾鵝、馬背囊、高高个圍牆，門前个大禾埕，覆菜香，滿田莊。自作客語歌詞〈老屋〉節錄。甲午之春葉國居

鉤

這麼多年來，ㄜ的祖母仍須老實以對，家居前蜿蜒如鉤的山路，左往竹東，右通北埔，這丘陵地形路徑多曲，任你左觀右看，都像是一個個左彎鉤右彎鉤連接組成的蛇身。ㄜ的祖母少許出門，但一出家門，行徑便一反常人，頃刻間才在柏油路面走著走著，一下子又筆直走入路旁的草叢。她不會偏離路徑太久，不會撞樹，也不會跳河，但遇見了阻礙，她會即予修正方位，再朝馬路直行。

這情形通常發生在迴旋的山路，照常理說來，帶弧的山間小路，應該會讓步行者的視覺記憶，添加更多美麗的風情，祖母卻用筆直的路線，硬生生的將它切割。ㄜ從小對她這種行徑十分不解與不滿，浪費時間，舉止可議。她那樣帶ㄜ走路的方式，讓山路更加迢遙，ㄜ每天必須提早一刻鐘起床上學。再來，少不更事的ㄜ，還得無時無刻的面對，蜚短流長的巨大波濤。

你奶奶是神經病嗎？同學直朗朗的問他。

奶奶腦筋有問題？應該不會。每回半夜地震，ㄜ總在第一時間，被祖母急促的呼吸聲驚醒，她的眼鼻貼著ㄜ的耳根子，好近好近。她用棉被將ㄜ裹住，以跪姿為ㄜ護身、摟緊，嘴巴發出「喔——喔喔」的叫聲。在那個大混沌的年代，這是一個大智慧的行動。地牛不安分，她把馴服家中水牛耍脾氣時的術語「喔——喔喔」，發揮得淋漓盡致。果然，地牛最後都被安撫得服服貼貼，ㄜ覺得祖母的緊急應變和危機意識，絕不是一個身心障礙者的自然反射作為。

那麼，問題一定是出在帶「弧」的山路。

弧，這個字，弓形的瓜。小學五年級時，老師這麼說。括弧，（），這個符號，在童年的試場中，ㄜ必須在兩條弓形的瓜間，填寫無數的真實和虛構，會的要老實作答，不會的必須瞎猜。當ㄜ放學後，回到另一個家居的生活場域，還得面對祖母以「弧」設下的空白，等著他去填空。

山會弧，路會弧，地上瓜會弧，天上虹會弧，ㄜ漸漸發現，祖母的「弧」是一個多重填空題，它有很多答案，不分抽象和具象，但都是以負面表相，是祖母不喜歡的東西。當她不喜歡的東西越來越多時，餐桌上就少了如彎月的花瓜、茄子之類的佳餚。ㄜ不敢告訴祖母自己過人的想像，因為，當虛構一旦與生活並駕齊驅時，家中的生活起居必定左支右絀。其實煮飯的大鍋、如廁的尿桶，還不都是弧線充斥嗎？正因為祖母對弧的畏懼，卻成就了ㄜ對「弧」的極其敏感。於是，多如牛毛的弧，隨著ㄜ的視覺亦步亦趨，如影隨形在ㄜ的每一個念頭。

弧，是一種形象嗎？還是可以具以名狀？ㄜ懷疑，奶奶的潛意識中有一種殘留的影像，比方說是駭人的聽聞，或是歷歷在目的親身經歷，日以繼夜的糾纏她的心神。日本享譽盛名的鬼才芥川龍之介，在《地獄變》的故事中，描述一代畫師良秀，必須以親眼所見才能入畫。於是，可怕的「地獄變屏風」，在他經歷弟子被惡蛇、悍鳥攻擊、以及在未預知良秀的精心安排下，一輛馬車載著美麗的宮女被烈火焚燒掙扎的情境中完成。那宮女正是良秀心愛的女兒。

良秀在那種撼人心弦、痛貫心肝的情境中完成了畫作，卻在畫作完成後的翌日自殺了。有人說他是被畫作的情境殺死的，因為，良秀在看到女兒被烈火焚身的當下，悲苦難耐猶未死，但最後卻無法擺脫一幅畫作影像的糾纏。當影像以一種替身的形式復出時，反而出現了更強大的殺傷力。

影像殺人或是對人追緝、纏綿！這話說來並不稀奇，ㄜ相信芥川不是隨意編羅塗說，《地獄變》應當是出於真切而零碎的經驗整合。ㄜ心想，祖母一定是被某種「弧」形的影像綁架了。她不敢說？她怕被滅口？或是她怕說了，連累了別人？這件事挺可怕的，無聲無色無鑿無痕，找不到對照兇手，ㄜ好像是被祖母帶進一個如墨的山洞，這山洞三不五時就滴著水，陰濕、膠著，ㄜ拚命的喊，無人應和，卻老是只有聽到自己的回音。

終有一天，ㄜ被聲效擊醒了（或是說這影像漸漸長大，無所不在的令ㄜ耿耿難安），祖母九十五歲的那年，依舊晨昏祭祀祖先牌位，並依慣例於農曆歲末三十，將祖先牌位，用潔布以熱水擰乾擦淨，迎接新年。可能是祖母真的老了，清晨「砰」的一聲，將ㄜ從睡夢中驚醒。ㄜ直覺那個聲音，應當是老式神桌中的抽屜摔下來了。祖母向來對祭祀一類的瑣事忌諱諸多，這清晨寧靜的天光突如其來的匡啷，祖母理所當然知道ㄜ聽見了。她沒喚ㄜ，ㄜ在木質隔間的床板上靜不出聲。他和祖母像是心照不宣，彼此都試圖以佯裝來化解那帶些尷尬的氛圍。

「窸——窸——窣——窣，窸窸窣窣」，像是以手刀抹平紙張的聲音，微微的響起在ㄜ的耳畔，ㄜ腦海裡情不自禁地掠過一幕幕的影像（窸窸窣窣，五〇年代，為了撿共匪宣傳單去派出所換一盒圖筆，ㄜ隻身直搗北埔、上坪，茂密的竹林是同儕眼中卻步的禁域，風打竹葉窸窸窣窣，回家後的那夜，他莫名患了長年的偏頭痛。窸窸窣窣，祖母穿著雨衣筆直切入路旁草叢，窸窸窣窣。）

「阿婆，您在做什麼呀！窸窸窣窣。」ㄜ忍不住出聲。

祖母沒有應答，動作似乎慢了下來。聲音的頻率漸次趨緩、變小。同一時間在ㄜ的心中，又猛猛的掠過振筆疾書的試場，聽到安靜中起落窸窣的翻卷聲音。ㄜ還想起了試卷，想起了迷惑他整個童年的括弧，（）。

這樣的聲音誘惑實在太大。ㄜ起身，開門，關門。旋即走向正廳，祖母似乎緊張了起來，窸窸窣窣窸窸窣窣，頻率疾疾，ㄜ在門口甫一轉身，睡眼模糊中，一對如括弧造型的鐵彎鉤完整的映入眼眶。它，被畫在一張二才大小的紙張上，ㄜ還來不及細看，就已被祖母置入抽屜內。祖母惶然的眼神，讓ㄜ深究的欲望暫卻，但更龐大的疑惑卻緊密相隨。那童年（）中的填空題，看來，很艱深，越來越難作答。

祖母的弧與畫作中的鉤，至此拖泥帶水，很難一刀兩斷。ㄜ剛開始覺得它們是貌合神離，後來又懷疑它們是神合貌離。趁祖母不在家的時候，翻閱神桌前的抽屜，破舊族譜的下方，薄薄的紙張，幾經蠹蟲蛀蝕。那畫中的鐵鉤彎如迴旋的山路，酷似秤鉤，尖尖的鋒芒潛藴著殺戮的氣息。靜觀宛若針扎，感覺全身刺痛。歲月留痕，白紙泛灰的氛圍，像是山雨欲來。灰黑如豆的斑點如文字，隨著視覺載浮載沉欲言又止，像是有一段不為人知的故事權充畫作的背景。下方歪斜模糊的字樣，ㄜ幾經多次的組合猜測，拼湊出「丁未，雲公歿」

的字樣。

雲公，那是曾祖父的名字。ㄜ彷若隱約的感受出畫中的釘鉤，以一種深沉的影像，追緝祖母，還隔了世代，鉤得ㄜ全身疼痛。

二〇〇七年，祖母已是百歲人瑞，耳聰目明，身體猶健。春天的台北，大霧瀰漫，ㄜ晨起翻閱報紙，赫然見到畫中的釘鉤，以真實的形態無端出現在新聞版面上，心中驚駭莫名。報載略謂北埔事件深壢刑場，抗日烈士百年遺骸出土，當年事件株連百人，受到日軍以釘鉤穿腦不人道的待遇，刑具驗證了傳說。ㄜ凝神看那釘鉤，造型與家中的畫作如出一轍。簡便的行囊，一路驅車南下，思緒交錯直奔北埔，轉進上坪村後山路迴旋，他情不自禁把車速放慢，筆直的切進路旁，再打個死角，轉彎直行。ㄜ感受到祖母對釘鉤形象山路的畏懼，會遺傳，在自己五十歲的這年，徹底發作。

童年的印象，這段歷史ㄜ未曾聽聞。十多年前台灣社區田野調查興起，ㄜ方才對此一歷史領略一二，算來孤陋寡聞。但左右傾斜的歷史評論或褒或貶，

ㄜ始終無心探究。彼一時，ㄜ覺得它距離自己好遠好遠；此一時，又覺得它距離好近好近，ㄜ像是無端的中了某種異教的符咒，這種力量正隔著幽幽時空，由遠而近，展現出咄咄逼人的架勢。

時間一分一秒過去，車子不自覺的開進山區，停車後，ㄜ隨引領的友人步行進入竹林交錯、野草叢生的小徑，宛若走進塵封的歷史長廊。ㄜ抬頭一看，彷若似曾相識，那不是童年撿匪諜宣傳單的幽幽禁地嘛！現場竹林已伐，取代黃澄澄的神祈布幔，亡靈法會在即，陌生的臉頰相互問安。ㄜ有一種感覺，在這個恍如隔世的場域裡，萍水相逢就是至親，ㄜ看見曾祖父的大名列為烈士，出土的釘鉤，年歲鏽蛀，斑點歷歷，百年來交惑相應，竟相同的在畫作中滋長如豆的符碼。ㄜ屈指細數，事件的那年，祖母雖未經歷此一事件，然而畫作中有感有知的釘鉤，悄悄從影像擴充成為形象，以替身的形式落入時間的長河，ㄜ覺得祖母像一條魚，在她進入家門後的大半生歲月中，忌鉤又不自覺上鉤。

ㄜ聽旁人說祖母來過了，那晚的餐桌上，完整未切的茄子，在盤中彎彎如鉤，配上些許碎肉。年邁的祖母，老來談不上什麼料理，三餐川燙，隨意清淡。菜一上桌，祖母坐定，筷子起落頻頻，一陣狼吞虎嚥後，突然間停了下來：

「有一條魚，把釣鉤認為是天上的月亮掉進水裡，不幸落入漁人的圈套，魚子魚孫從此不敢晚上出門，這個魚家族有一長輩，認為這忌諱影響他們的生活太大了，在一個晚上，奮不顧身的把嘴張得大大的，連鉤帶餌一口吞進肚子裡，還拔斷了釣線。魚子魚孫從此就不再怕夜行了。」

祖母以沙啞的聲音緩緩的說著，如同地底深處的河流，口水的游絲在嘴角拖成扯斷的釣線。ㄜ沉默的看著她，那盤中的茄子和碎肉，那畫中的釘鉤和鏽屑，那原本可以事不關己的歷史悲劇，她一肩承攬竟甘之如飴。

ㄜ彷若豁然開通了！往者已矣，來者可追，祖母並非全然矯情的為過往的歷史忌鉤一生，更重要的，她以一個平凡的村婦，一種自廂情願的認知，以為遠離鉤形的事物，就可以避免鉤害禍延子孫，心願簡單，聊復爾耳。如今老來天真，竟以為一口一口的咬，就可以讓久藏心中的「鉤」消聲匿跡，她不知道自己竟然背負著歷史的影子呀！

ㄜ想起小時候班上同學中，或有祖先淪為溪中波臣，被家中禁足一切的水上活動；或有先人死於毒蛇，被停止登嶽溯溪。思路如出一脈。ㄜ突然清楚聽到祖母的呼吸聲了，他覺得祖母把自己抱得好緊好緊。這場百年大震，地牛潛伏地底一個世紀，震央的北埔，撼天動地，餘震拖得好長好長。

祖母起身，走向灶旁，弓身，挖出灶中燒過的灰燼。吃盡，燒盡，它的影像或是形象，算來已經徹底灰飛煙滅了嗎？只是身為魚子魚孫的ㄜ，每次回鄉依舊若有若無的感知山路如鉤，還有他那習慣性的偏頭痛，一直無法根治。

那日，ㄜ欲搭車南下高雄會談商務，行前在台北車站二樓商店街匆匆用餐，瞥見店家婦人從沸水中撈起數條彎彎的茄子，按捺片刻後忍不住開口：

「那茄子幫我包起來！」

「不切、不調味。」ㄜ打斷婦人的狐疑。

坐上火車，ㄜ低頭咬著，他想起了祖母說的故事，他想起她大半生為了覆雨翻雲的歷史陰霾，展開大規模的對抗，平凡純真無知固執可笑。哈哈，ㄜ哈哈的笑了，哈哈的笑，閉嘴瞬間思緒決堤心痛不已，再咬一口手中的茄子，多了鹹鹹的調味。

父親的毛筆與動物之間

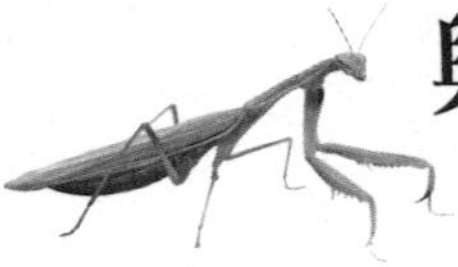

老鼠與鼠鬚筆

在朦朧的月光下，依稀可以看見模糊的山路，父親放置滿山的鐵斬，像是一隻隻開口的鱷魚，泅泳在波瀾壯闊的林海之間。

若說它是一個陷阱也好，說它是一把獵刀也行。就以捕捉山鼠的器具來論，陷阱如同釣鉤，又酷似魚網，那是討海人生財必備的器具。若是以獵刀而言，刺殺開腔的手法，父親又應該是一個獵者。不過，嚴格說來，父親真正的身分是農人，白天下田，夜間捕捉山鼠，他最主要的目的，是要讓寒酸的餐桌上，多一道可口的佳餚。

初被鐵斬銬住的山鼠，在急切的唧唧叫聲中張大雙眼，身體漸次萎軟，嘴角上的鬍鬚卻仍蒼勁遒健，一柔一剛在視覺中展現了明顯的對比。父親拿著手電筒探照，鼠尾如筆，沾著天外浩大如墨的夜色。父親看見牠的尾巴，上下左右的抽動著，如同書法家在暗中，捻燈，然後振筆揮毫。

山鼠似乎在奄奄一息中，告訴父親書寫的欲望。

其實父親是痛恨老鼠的。早年種稻的時候，牠們咬破布袋盜食糧倉；耕事勞累的夜晚，牠們唧唧交談擾人清夢；家傳的族譜，也受盡鼠輩咬文嚼字之苦。父親曾親臨鼠穴，以煙薰水灌之法，活活逮住那些老鼠，以家中的客廳充作判堂，降旨定罪，當場處以磔刑。父親忌鼠，似乎已到達勢不兩立的田地。

阿爸萬萬沒想到，在田畝休耕的這些年，他被阿聰伯請去鎮上當起製筆師傅，原以為從此可以和鼠輩們劃清界線，孰料書家們竟復古流行寫鼠鬚筆的風潮，父親拿起鐵刷，梳整鼠鬚製筆，像極了為他曾經殺過的鼠輩整肅遺容。平躺整齊的鼠鬚，有一股安詳的氛圍。在夜裡，父親在檯燈下，低頭、專注、恭敬不語。

父親像是鄭重其事在完成老鼠書寫的遺志。

我曾經在道觀翻閱勸世鸞書，依天降鸞書所示，一生中以殺豬為生的屠夫，其終將為豬豕之奴；一生不殺一隻螞蟻者，其後將成為螻蟻的主人。對於這種鸞書的說法，我至覺荒唐，豬豕之流，再怎麼說也輪不到牠們來主宰人類；螻蟻之輩，又如何會對人們的使喚言聽計從呢？

但當我第一次看到屠夫殺豬的同時，待死的豬隻，早已驚惶得屎尿盡出，掙扎翻滾沾上滿身的糞便，屠夫在刀刺咽喉之後，以手用力的清洗，讓豬身潔淨以利市鬻。我感覺得出，豬隻安詳的睡著，屠夫完成了牠的願望，讓牠擺脫了一生邋遢的夢想。而螞蟻呢？我則曾經聽過一則故事，一個窮書生赴京大考，一夜醒來，書桌前置放的饅頭為一群螞蟻食盡，書生未怒而殺絕，挨餓應試。未料，書生粗心大意，筆試中將「日」字書成為「口」，繳卷時方才發覺，但卻為時已晚，懊惱不已。放榜後，書生仍高中金榜，多年後他官拜尚書，將當年應試考卷調閱，赫然發現一隻螞蟻不偏不倚的橫躺在那個寫錯的「口」中，雖已成為乾屍，但仍然清晰可辨。

此固為耳食之談，然我們卻也不時的聽聞，諸如忠狗效主的具體事證。依此觀之，鸞書所示確有其理。而父親便註定要和屠夫一樣，當起了山鼠的奴隸，一步步遂行老鼠書寫的遺志、揮毫的願望。

他無法和窮書生一樣，做上動物的主人。

鼠鬚筆極富彈性，腰力十足，寫起行草有如走馬龍蛇。父親自豪的，莫過於是他做的鼠鬚筆，賣給台中市一位立志要當書法家，別號葉居的無名小輩，那年他以鼠鬚筆寫下一張全開的草書中堂，獲得當年全省美展的金牌獎，在頒獎典禮上，葉居誠摯恭敬的感謝鼠輩為他戴上桂冠，從此，他的作品水漲船高。

父親始料未及，他恨之入骨的老鼠，死後竟再藉由他的雙手名滿天下；而老鼠，牠做夢也未料著，一生嚙盡詩書字，死後竟是散作龍蛇落紙中，昔日穿墉的卑微，對照今日的佳譽，功？過？究竟誰能評斷呢！

夜裡，父親認真做筆，老鼠的鬍鬚藉由書家之手在燈下臨池濡墨，點畫龍蛇。

父親和老鼠，多多少少也算是彌補了他們生前的罪過。

山羊與羊毫

五十歲的父親弓身，拿著鬃刷和尖鑽，桌案前的臉盆水，晃蕩著他臉上的皺紋。我早已習慣羊毛腥羶的味道，特別是在夏天，感覺好像父親的工作室跑了滿間的羊，父親汗流浹背的追趕著。若真是牧羊也罷！他坐在那長板凳上，經常一坐就是一整天，埋頭苦幹的父親，在夜裡將額前的燈炮，用眼神擴張成太陽。

我清楚記得，陽光下，幾隻山羊就在田中悠閒的覓食。父親養羊，以為羊溫馴可愛，動作嬌柔。但事實卻不盡然，常人只是見樹不見林，只重外表卻不重內涵，以貌取人，做了錯誤的判斷，在一隻羊的身上表露無遺。羊的外表，確實長滿了柔順的毛，但是皮毛的柔順，並不能代表羊的溫柔。其實羊身手矯健，內裡暗藏攻擊的特質。在草原上、在田野間，尖尖的羊角挺著幾分霸氣。

端午節的下午，剛吃完阿明他媽媽包的肉粽，平日不修邊幅的阿明，嘴角仍留著香醇的油汁，臉頰被父親燒過的稻草灰燼塗得烏漆漆的，像極了打臉掛鬚的大盜。我們分取竹棍為劍，在經過一陣慘烈的殺伐後，羊咩咩沿著田埂魚貫走過。阿明將黑衣脫下，以雙袖綁在自己的頸項，彷若是西域黑衣俠，冷不勝防的，轉身。一躍。跨上羊咩咩的身上，實現了他童年大漠英雄的夢想。只見那隻胖咩咩，驚惶的跑了幾步，然後，然後，不支倒地。阿明不但沒有跌倒，將其棄之不顧，繼續往竹林的方向揚長而去，情境逼真，令人歎為觀止，霎時，田野吹起了一陣英雄的威風。

而我，當然也不能示弱，對準黑咩咩，慢跑。快衝。起跳。結果，黑羊生氣了！後腳一頓，接著凌空躍起，我滑向牠的前身，一時昏頭轉向，黑碌碌的分不清楚，是我撞羊的犄角，還是羊用犄角撞著了我，摔在田中，斷了一根肋骨。犄角利如短劍，劍出人亡。我是一個將死的劍客，躺在田中，深秋落葉繽紛，天上雲飄過，不禁讓人感歎江湖險惡。

父親不分青紅皂白，當夜將黑咩咩海扁一頓，並疾言厲色的告訴牠：

有一日，倕愛食你个肉，啉你个血，摎你个毛剃下來做毛筆，用你个角當筆管，分（給）倕阿弟寫大字。

真沒想到，父親一語成讖。怎料二十年後，他坐在工作檯上，以鐵梳掌將羊毛用力拍齊，並將要做筆鋒的一端搥得極扁，將扁平的筆毫捲成圓錐狀，捆緊。後把筆頭放進羊角所製的筆管內，再以成品連接竹製的筆管。

就這樣，連起了竹棍，也連接起了我的童年。

羊毛柔軟，濡墨後全無彈性，初習書者若以羊毫筆練字，必定會投筆從戎。我由於幼年生聚教訓，諳熟羊的個性，寫起羊毫自是得心應手。為避免羊咩咩再次使性子，不隨人的意志強力操縱，我以羊外表的柔順，手腕輕鬆、靈動，順著鋒毫行筆，節奏以羊吃草的速度。轉彎轉角，學田野的一隻蜻蜓，飛飛停停。寫出來的書法竟出人意表，線條老辣、險絕，延展中潛蘊著攻擊的特質。

這不就是一隻羊嗎？

之後，我臨羲之的蘭亭，東坡的寒食，以羊的外表寫進羊的內裡。寫牠的形，寫牠的肉，也寫牠的骨。我發現自己在習書二十年後，悟出了一套自然法則。仇人山羊搖身成為我的導師，我早該從當年的落敗中頓悟，牠是一位身懷絕技的高人。

而父親呢，他反覆以鐵梳掌，對著羊咩咩又拍又打，將毛料搥扁，這樣類似鞭屍的手法，再一次次的替我復仇，狠狠的教訓一頓曾經對我放肆的山羊。

似乎，他的恨意仍然未消。

胎毛與狀元筆

父親開始有名片了，印著胎毛筆專家的字樣，上面有一個嬰兒的照片，被父親剃了光頭。依照我坐在案前練習寫書法的角度看來，近視嚴重的父親拿著剃刀，急欲掙扎擺脫的，不只是生平第一次理髮嬰兒，也包括了父親。

父親不喜歡做毛筆，除了農事外，為了生活，他不得不屈身在這僅容旋馬的工作房；小時候，我不喜歡寫書法，卻肩負著文盲父親的希望。我們好比是一對相撲的選手，不能踏上擂臺，卻硬是被人請上舞臺，要我們跳一曲芭蕾天鵝湖，討了別人的歡心，然而，這樣的舞臺卻異常沉重。長年以來，我被迫鎮日與墨汁相膩，而父親，他則必須終年與各式的毛料為伍。

毛筆易做，但是毛料的取得則較為困難。羊毛還好，若是山兔、野狼、香狸之類，產量則少。現代科技進步，化學塑膠毛料充斥於市，更有自來水毛筆風行，讓傳統的書風日形式微，便捷的書寫工具，更讓講究研墨的書法課程，徒留形式聊復爾耳！於是，父親也開始譁眾取寵做起了人鬚筆、雞毛筆、豬鬃筆、稻草心筆。在我看來，這些筆紀念的價值大於實質的功用。不過，若真以紀念價值而言，莫過於是用胎毛製成的狀元筆了。

父親是農人，不是剃頭師傅，他拿剃刀理頭的姿勢，如同在田埂上割草。從前家裡養牛的時候，父親挑回給牛吃的青草，經常連根帶泥。嬰兒哇哇大哭，父親手勢笨拙。我在遠處不敢靠旁觀看，深怕父親連髮帶皮一刀剃下。每當有人抱著嬰兒上門要做狀元筆，真叫人為那無辜的小孩心裡打起咯騰。

我驚奇的發現，幾乎所有上門接受父親剃頭製筆的小孩，莫有不放聲大哭者。一般認為，這係因對理髮師傅的陌生，或是初次理髮產生的恐懼所致。我則有不同的觀點，父親汗如雨下，小孩淚眼婆娑。張嘴哭哭、閉嘴哼哼、張嘴閉嘴哭哭哼哼。開口哇哇、閉口哼哼、開口閉口哇哇哼哼。小孩雖不懂得言語，但似乎已在訴說心中無盡的話，悠悠長長。

中國人因受孔子「身體髮膚，受之父母，不敢毀傷，孝之始也」的觀念，透過胎毛筆的製作，保留了母體傳承難得的胎兒髮絲，確有其非凡特殊的意義。然觀筆之為用，莫過於是用來述事或記事，它的出現讓人際交流的基本形式產生革命的變化。試想，透過筆紙，人們便可思飄萬里。當你以筆傾訴，心中就浮現了傾聽的對象，不管對方是古人或是來者，在千里之外，或是隔海異鄉，筆寫心聲，有時候反而比在眼前更為清晰、親切。文字經過推敲，更能深入對方的心靈，久駐人心。而胎毛，長在人的頭頂，站在某一個角度而言，它是思想發出的嫩芽，經由筆的製作，讓它得以在未來闡述人的情感與思想，直到死後仍能繼續茁壯。

這是多麼崇高的願望啊！我終於了解，嬰兒在落髮為筆的同時，號啕大哭，那聲音，正是一枝毛筆急於訴說的語言。

這麼說來，山鼠將死，唧唧的說出牠的志向。山羊咩咩，娓娓宣訴著牠的情思。狼聲幺幺，淒清的叫說著未盡之志。還有狗吠汪汪，貓鳴喵喵、鳥語吱吱、鴨叫呷呷、雞啼咕咕、牛聲哞哞、馬嘶嚧嚧……「做筆的師傅喔！來剃我的毛吧！」

夜裡，我試寫父親手製稻草心筆，發覺書寫的線條別具奇趣。飛白參雜著天空白雲，仰橫可以爬上山坡，一撇如同彎彎的青草，行氣流進了田邊的溝渠，沿著手心滲入我的血管，在我的心中流淌、澎湃，一畝稻田一畝菜園的布局，像極了靠山的那塊祖田。

我索性的步出門外，驚見業已休耕多年的田畝，依舊有少許割下的稻頭，長出新芽，結穗復落土再生。

我伸出右手，以美工刀割下一棵。

恍惚間，我聽到ㄍㄧ。ㄍㄧㄍㄧ。ㄍㄧㄍㄧㄍㄧ的叫聲。

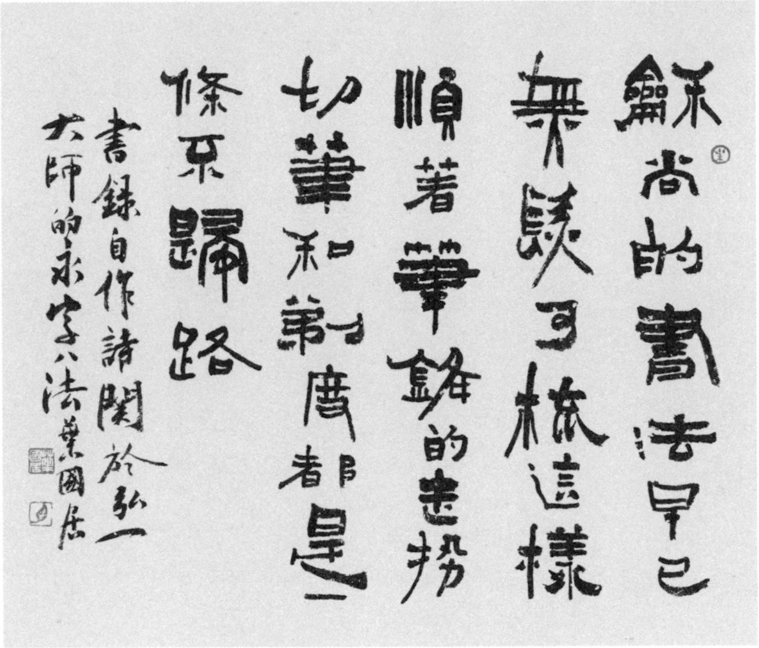

和尚的書法早已
無髮可梳，這樣
順著筆鋒的走勢，
切筆和剃度，都是一
條不歸路。
書錄自作詩〈關於弘一
大師的永字八法〉葉國居

山歌的證明

我一直認為一個人演唱山歌的方式，其實就是在訴說自己的生活，同時以歌聲來複製居住的大地。而大地與生活正是一切山歌的源頭，就如同種子與禾苗的相互生衍，它們用時間來證明對於土地深切的愛戀。

沒有人知道，父親唱山歌的時候，他已經隨著音階爬上層層的梯田。依據父親的說法，當年渡海東台灣，他師法一隻螃蟹從沙灘裡爬出道道水溝，於是依山開闢了鋪天蓋地的梯田。以疊羅漢的方式一臺一臺向上延伸。父親鎮日在田畝耕作，時而藉著山歌來排遣工作的孤寂，因以地形的緣故，他用高亢的山歌和近處耕作的親朋，對答如流，在與天爭地的年歲裡，山歌就是這樣向天纏綿的。

家中最高的梯田，終年吹著勤儉的客家采風。高度海拔三百，大小僅能容許父親躺下、翻身。簡單的說，它應該是一張單人床的寬度，每一季僅能在其中植上二十四棵稻禾。父親拿著鋤頭，雙手不停的揮動，汗水從毛細孔中噴出，山歌在高音區爆破。站在高處，為了使別人聽見他的歌聲進而應答回唱，父親必須將音調拉得更高，至於音域則需在窄處徘徊，父親的歌聲正就在展演他自身的處境啊！

如今父親無法再從事耕種，但是他的山歌依舊日日高唱。坐在庭院中，唱起山歌，是不需要太多行頭的。不用觀眾、不需排場，打著赤腳坐在一張油漆斑駁的長板凳上。頭，微微低著，雙手不停的搖擺。若以他的姿勢來看，像是在田中舉鋤深掘。假若你以平地卻如此歌聲高嗓的音調論斷，似乎是近於不可思議的吶喊。不分晝夜興起即歌的方式，像是複習昔時黑家白日的耕事生活。唯一不同的，父親再也沒有同伴和他對唱山歌了。

年假結束那天，父親要我攙扶他上那畝梯田，我們費了好大的勁兒才登上，父親張望，許久，不發一語。那日天色迅即變化，一下間細雨如織，我正愁惱如何回家時。突然間，父親放出了山歌。

天摎地分到恁遠

水毛仔（細雨）摎佢連到共下（一起）
佢摎你各分天涯
麼个（什麼）時節做得（可以）對唱山歌

我終於知道父親近年來山歌吶喊的緣由了！他渴望土地響起山歌的共鳴呀！我在旁輕哼山歌的旋律，山嵐頓時如波濤奔騰！田水迅即灌注我的體內。我有一種感覺，粗壯的田埂已經爬上肩膀。

那日，坐在最後一節車廂，北上的火車，在轉彎處用身體拱成微笑。我回頭望著鐵道兩岸，像是母親的大地伸出追拉的雙手，對我緊追不捨。土地無法脫離山歌的纏綿，而我的情思終究無法脫逃土地的追緝。我相信，終有一天，我會回到美麗的故鄉，再植畝上的二十四棵稻禾。

時間會證明，山歌將世代纏綿故鄉的春天。

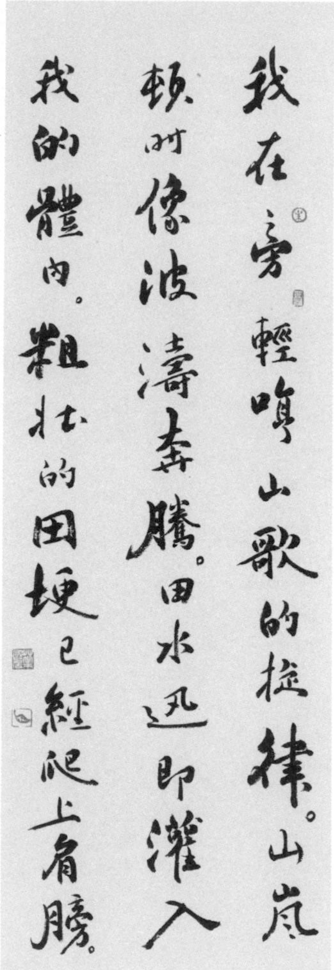
我在旁輕哼山歌的旋律。山嵐
頓時像波濤奔騰。田水迅即灌入
我的體內。粗壯的田埂已經爬上肩膀。

我在旁輕哼山歌的旋律，山嵐頓時像波濤奔騰！
田水迅即灌入我的體內，粗壯的田埂已經爬上肩膀。

問路

我時常被美好，迷得神魂顛倒，有一種陶淵明式的風格，進了桃花源，記得它的好，出了桃花源卻不復得路。

如是於我，我經常看一幅好畫忽略作者。耽溺某個網站的富麗忘卻了路徑。為一篇文章醉心，卻錯過作者的身世。其中也包括我的台中印象，有太多的驚鴻一瞥，當下為它著迷，卻在如流的歲月後，要為它問路。

考上大學，第一次來台中。客運下車後，恍神間搭錯了公車。車子左彎右拐，縱橫大道長街，突然經過一條河岸，兩岸大樹青青，將河團團環繞，如同投以章魚的擁抱。一個美麗的河岸風情！但是因為公車倏忽即過，畫面在腦海裡定居了，卻錯過了路名。

這是城市裡的什麼地方什麼路啊？或許，在我近身時，它有可能是河水清清、蟲鳴鳥嚶，不過這些都僅僅止於我的想像，對這座城市我充滿了新鮮和好奇。一年後我買了一輛破舊的自行車，開始擴充在這個城市的移動範圍，以學校為中心，擴及方圓，如同一滴水在紙上緩緩渲染，慢而有味。

自行也是一種自習，反覆的往返，反覆的問路，在移動中我記下了城市的標記。巷道纖瘦的逢甲眷村；不斷以青春之姿向天抽長的大肚山蔗田；習慣以夜黑風高的心情探險的東海古堡。如今回想起來，問路，其實是一種壯膽。

大學生涯習慣了晏起晏眠的生活，突然有一天，起床特別早，跨上單車，決定去找尋初來台中的處女印象，好像夢裡總是三不五時的就出現，那如畫的河岸。沒有座標，沒有路名，就依樣畫葫蘆的向人問路，繪形、說影。我一直忽略了一件事，在這個不斷發展的城市裡，求學求職覓居覓食，外來客蜂湧的城市，有更多的機率，被問路者和我可能有同樣的問路心情，當我靠近他說出我的意向，對方就先跟我搖頭。有人聽出畫境，主張那樣的場景似曾相識，可能在城市的西邊，有的主張應該是位在城市的東隅，腳踏車不斷的在足下迴轉，青春的歲月，不停的在迷路和問路間重複。

去不了要去的地方。我曾經懷疑，或許沒有這個地方，和〈桃花源記〉如出一轍，也或許沒有這一段路，說不定和搭錯的公車一樣，是視覺中的錯覺。又或許是一種初到台中的疏離，在公車的搖晃中，暈眩迷離，當重回此地的時候，卻不復當時的感受。

大三下學期我們班上來了一位轉學生，是道地的本地人，對她我有十分的好感，於是我經常藉由問路為幌，來掩飾我對她的心儀，或許是心有靈犀，她很認真的猜我的夢境。她允諾我，放學以後，容許我以一個陌生人的距離，以腳踏車跟在她的機車後頭。她說，她回家的途中，可能會經過我的夢境，當我到達了夢境之後，就留在夢裡。

故事出發了，足力與馬力相較，自然是擔大肩小，氣喘吁吁看她隱沒在車潮人群之中，累得連回程都要再次問路。故事屢屢出發，卻總是沒有好的結局。終有一天，我從已經熟悉的中程路段埋伏，卯力跟上。正當我又快要放棄時，睽違多年的夢境，從遠端向前推進我的眼前，車速不禁緩了下來，而她又早已消失在城市的某個角落。這裡是文心路與北平路的梅川段，兩岸的大樹如同雙手搭拱成橋，間有不知名的紅花跌落滿地，或隨流水飄零，頗得詩句中「傍花隨柳過前川」的意境。

我那天又迷路了，一路問路回到學校。

之後我和那個女孩戀愛了，源自問路的因緣，梅川牽的線。我們相約將來有一天，要回到梅川傍河而居，四季遞嬗，朝暮看畫，「時人不識余心樂」，有誰知道我們的快樂呀。

現在我就居家河畔，在忙碌的生活裡，往返梅川，就是一趟愉悅的旅程。春日蝶蹤，夏日蟬鳴，秋日流水，冬有落花。當北平路成為吃市，天津路成為穿市，漢口路成為玩市，它們就像梅川的支流，不斷擴張城市裡的人文風情，一種難以忘懷的記憶。就在今年，市政府在此路段設置拱橋，在河岸點燈，小橋流水，星星點綴的梅川，越夜越美麗，來這裡問路的人，越來越多了。我從一個問路的少年，搖身一變成為一個被問路的長者。

請問天津衣市要怎麼走？

妳沿著小橋流水，過個紅綠燈，就看得到滿街的店家在廊道曬衣囉！

請問北平吃市在哪兒？

你站在川流兩座拱橋的正中間，流水會為你送來撲鼻的香氣！

年少問路，年長被問路，但只要旋律依舊，青春就依然。我常想，人生不一定要手持一張青春地圖，旅途全無差錯，如果因為迷途而問路，會有出其不意的驚喜。設若凡事都要按圖索驥，那多麼索然無味呀！就如同我，問路也是一種壯膽，問路為愛情開路。從來就沒想過，有這麼的一天，從他鄉到故鄉，我，成為一個道地的台中人。

禾夕夕

第一次看到「移屋」這個廣告牌，父親眼盯盯的對著我問：移屋是不是搬家？我想了很久後告訴他，比較像是蝸牛揹著殼走。

西濱計畫道路截取老宅一角，穿過國產局所有的相思林地，筆直駛進我們家的田。田搬不動，房搬不走，設若人能以蝸牛為師，揹著殼走的搬家，父親躍躍欲試。他拾起地上的樹枝在泥地指畫，抬頭望望看板。低頭，寫下左邊的「禾」。再抬頭，又俯身寫下右邊的「多」。父親說，移是「禾」加「多」，移屋後應該禾多多，好收成。在我看來，父親寫的這字結構鬆散，字元各自獨立彷彿互不相干，他像是在寫，禾。夕。夕。

如果，硬是要說他寫的是「移」字，直覺下似乎少了什麼似的。

父親並非眼不識丁，但認得的字數有限，對字似懂非懂。八〇年初，父親突然面臨一連串過去與他無關的新詞彙：公告現值加四成、道路徵收用地……等，一個垂垂老矣的考生，在濱海的偏鄉，坐在人生的試場，面對陌生的名詞解釋、計算方式，他不會作答。咬著香菸，一根接著一根。

時間是有大限的，鐘響交卷，就要決定答案。老家究竟搬還是不搬？還是要等機械怪手來開腔？

搬或不搬？二十來坪大的蝸居，到底搬還是不搬咧？截取一角雖可偏安一隅，但是房子就沒那麼完好如初了。設若人去樓空，田園漸蕪，父親又說萬萬不可，怨怨焦焦的陷入了前憂後慮的拉拔。看到了移屋廣告後，他欣喜若狂，決定師法一隻蝸牛揹著殼走。

經過多方評估接洽，毗連老宅四周的土地，都無法讓蝸居容身，父親決定揹著重殼遷往四百公尺外的水利地安居樂業。蝸步日行二十來米，換算距離約莫二十天才能到達。移屋工人在老宅的四周挖溝作嫁，三十六個千斤頂將整棟房子墊高，以枕木和鋼管充作滾輪，摩挲摩挲，轆轆轆轆，反覆的以油壓推動器來推動這個大蝸牛前行。

房子在旅行，父親的心情是愉悅的，他竊竊自喜保住了老家，心滿意足這個世代竟然有這般的神工鬼力。更具體來說，在他左支右絀百般煎熬時，這種開創式的蝸牛搬家，彷若是一種幻覺，讓不可能變成了可能。

房子在移動中，停水、停電，父親作息不受影響且心情亢奮，像是客家莊廟會時辦桌請客，他殷殷把工人當成客人，眼笑眉舒裡外招呼，寧靜的老屋，在施工期間熱鬧騷騰。

很不幸的，房子到達定位，工人將水電接通的那晚，父親卻生病了，咳嗽密集夜不成眠。小孩會戀床，人老會戀家，但是房子依舊呀！何以房子結束了旅行，父親的喉嚨，卻出現了移屋時匡匡咳咳的騷動聲。這聲音好像是在玩接力遊戲，白天工期結束後，咳嗽在夜晚接踵而來。

一連數日，父親咳未癒，夜深越密，我在睡夢中晃晃然，屢在驚醒的片刻以為移屋工程還再進行，匡，匡匡匡。看病找不出原由，最初以為父親是勞累所致，可是一連數月未見好轉，就不得不另作他想。移屋是父親決定的，相對於微薄的搬遷補償，移屋所費不貲，父親不計代價讓房屋完整，但是憂慮煎熬似乎沒有得到救贖，反而在房子定位後變本加厲。

他每個夜，悄悄回到考場。

父親杵在樓梯中間，右腳上一樓階，旋以左腳下一樓階，上階下階，下了階又再上階，反覆蹬上蹬下，但終究上不著天，下不著地。他拿不出定見，房子都已經定位了，他仍試著把時光倒回來，呆鄧鄧的，想了又想。

此後父親經常在夜，無緣無故回到舊居。他在那塊空地上打旋磨，來回蹀。像早出門的鳥，夜歸找不到回家的巢，心焦焦的在巢邊盤飛。西濱公路通車的前幾年，三更半夜車聲零落，路過有人看見一個白頭堆雪的老頭，指天指地喝鬼罵神，旋即加速油門遠去，或有醉者下車小解，被嚇得夯嘴夯腮不能言語。隨風流傳的話渣一發不可收拾。說相思林內有一個白頭鬼，為了地盤，與烏壓壓的黑面鬼爭論不休。

有一次我尾隨父親，叫了他。當頭對面問個究竟，父親卻煞有其事的說，他正忙著在移屋。

我的心頓時抽成一團。移屋？房子都已經定位了，他仍醉心在途中；睡在床上，卻不知所以然站在故居舊址上，那一定是在夢中流浪了，以身歷其境的夢遊方式，追求仍未迄及的夢想。

父親不清楚自己何以若此，會在暗中來到老屋舊址。我猜，移屋只是移走了空殼，蝸牛和父親在「搬家」這件事情上，似乎無法等同類比。保有並不等於擁有，享受非同感受。從父親移屋後坐臥不寧看來，肯定是父親在移屋後，仍然沒感受到家的完整，更無法在精神上擁有那個空間。

再早之前，林後的秧圃，春來秧苗青青，父親以巴掌大般近若方形的鏟子，將秧苗連泥帶根鏟起，以環狀逐一堆疊置入簡易的竹簍，挑到上畝下畝蒔下。來去之間，擔頭的左右皆有大批的秧苗隨行，從小田到大田，他黑家白日「移」蒔幼秧，烈陽如漿汗水如雨，「移」蒔雖然辛勞，他卻樂在其中的享受「侈」字的奢華，隨行的秧苗宛若眾多的隨從婢女。一畝方田，父親一個天下。

他是「移」這個字的力行者，「禾」加「多」，越移越多。唯獨在移屋這件事情上，父親卻移得一貧如洗。馬路開通後，他去不了要去的地方。咫尺四百米，就變成漫漫長路了，成為父親晚年不分晝夜往來頻仍的道路。那是一種機械式的重複，一種無謂的忙碌奔波。日日目送揚長而過的車流，擴張父親容顏的車窗，一張張。南來北往，千里萬里。

有一天，父親咳嗽加劇，不能為一餐之飯食匡啷匡啷食屑湯水灑落滿地。他坐癱在沙發上，頭歪向窗邊看去，短吁長嘆的說老家不見了。歲月如流，故居舊址被長高的野草大規模的占據，沿著西濱公路右側，民宅零星種進地頭地腦。次日，我決定踏回故居舊址一探究竟，站在那裡，無論怎麼盼，只能看得到四百公尺外我們家房子右上方一角。天空線在無聲無息中變調了，舊址與房子，好比是漸行漸遠的送行。我再向前方看望，砂石車呼嘯馳過，風來走礫飛沙，水文走向，早已非昔日一望無際「禾加多」的青青田園，整座天空灰濛濛的。離開前，我再次微墊腳尖看看那房子小小的一隅，相信終有這麼一天，重臨斯地時，那小小的一隅也將在視線中淹沒。

目光分離了，就是盼。驚覺在父親的心靈裡，房子仍不停的移動著，與故居舊址不停的在遙遠，從親暱到疏離，從抽象到具象。工程十多年後，父親說他仍忙著在移屋，這事恐怕也非空穴來風，從這個角度觀之，房子與地基的距離在抽象中越來越遠，然而隨著父親的日老月衰，眠思夢想日望夜盼直到遙不可及又相見無期。他在四百公尺內患了嚴重的相思，已成為具象不爭的事實。

設若真的如此，匡啷匡啷就不會停歇，移屋與咳嗽，日益月滋勢必無法收斂。又匡啷匡啷，抓心撓肝，早已無藥可醫，這好比日東月西，就算相見也無法相聚。依照醫生的說法，強迫症者身體無恙，唯係生理使然，有可能是一次緊張的夢魘經驗，此後一生如影隨行。

有一陣子父親走路顯得顛躓吃力，躺不住，坐不著，好不了。白天，他依在客廳的窗邊。照常理論斷，夜晚他應該會安分在家的。卻出人意表，父親半夜在外頭的頻率越來越高。每回父親夜晚不見了，我就會連想起多年前那趟餐風露宿的移屋往事，停水停電的暗中，每個愉快的夜晚。說不定這麼多年來匡咳咳的夜，夢遊時的披星戴月，這個幻覺持續給父親帶來心靈無上的慰藉。

那年父親天真的以為，房子原貌移走，就能完美如初，事實非也。故居坐擁四田，卿卿土地就是一把帶不走的鑰匙。禾夕夕，房子土地東分西移，父親那個字寫得支離破碎，乍看的直覺就是少了什麼，早早就預言了移屋勢必落東落西，沒有鑰匙，終究是進不了家門！

於是，父親的移屋工程至今還持續的進行中。我的歲月不斷向前，他的時間卻重複回到從前，空轉的滾輪，摩挲摩挲轆轆轆轆。他持續努力的保全完整的家，我認真的成全這個假象。

半夜發現父親不見了，我不需找他。如果真的這麼巧，天剛嚮明我就在外頭碰見他，我會微笑的向他道聲：好早呀！老爸，辛苦了。

還在移屋嗎？嘿嘿，這是我和父親之間美好的幻覺。已無探究的必要。

父親是一副什麼樣的表情——快快乎？碌碌乎？我已經蠻不在乎！

禾夕夕，沒有公文書上載明的限定搬遷日那麼容易。父親在移屋中得到唯一的救贖，就是這個工程沒有完工日，永遠永遠，只在遙遠的路途中。

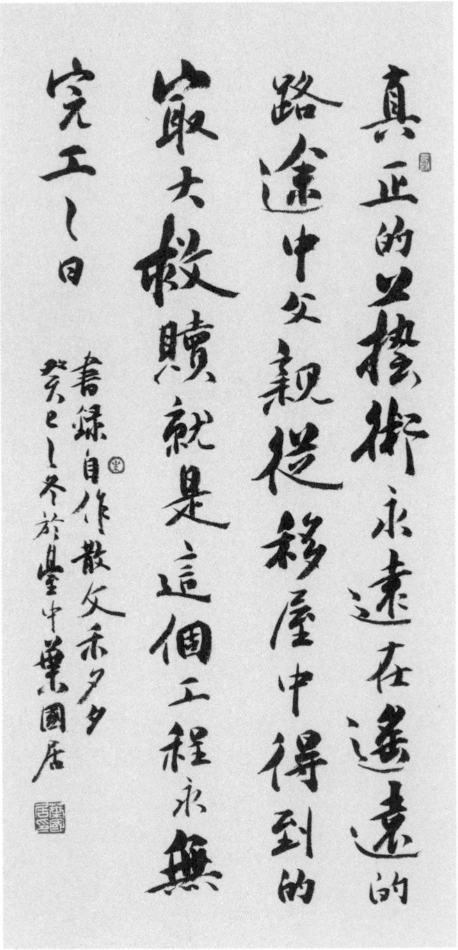

真正的藝術永遠在遙遠的路途中，父親從移屋中，得到的最大救贖，
就是這個工程永無完工之日。書錄自作散文〈禾夕夕〉癸巳之冬於台中葉國居

相片裡的公雞叫聲

一、糾纏

我確信父親這一生將永遠糾纏在雞群的叫聲裡。

二、黎明與希望

五〇、六〇年代，父親以徒步的方式，從台灣西部與東部來回遷徙中，山脈的稜線是父親人生轉換的界線。在那個求生不易的年代，挨盡謀生的黑夜，跨腳就是希望的黎明。高腳籃上挑著求生的家當，外加一對公雞、母雞在籃中瑟縮的老相片，著實撼動我的心扉。關渡、花蓮，從海的那邊到海的這邊，這中間隔著重山，我曾經試想，父親步履蹣跚，光著腳丫踏過稜線的那一剎那，心情就如同一隻公雞欲從黑夜喚出黎明。

在我出生的前一年，父親越過山頂回到關渡，在靠海的田畝栽種地瓜，在防風林內以竹圍籬，同樣帶回一隻公雞，一隻母雞，接續繁衍出無數的後代。在一場無可預測的雞瘟之中，橫屍遍野，父親收起如山的雞屍，以乾木烈火燒盡。那年，我七歲，在烈火之中隱約看到父親的傷悲。白骨不能生肉，逝者無法回春，傷悲之餘意外在竹籬下土穴中發現了兩顆雞蛋，數日後破殼而出，那是一場在絕望的火燄中倖存的希望氣息。

三、前世今生

蛋就慢慢的破殼了，我凝視一隻小雞的初生，多年以後在父親經營的專業養雞場裡。我看到牠們在燈泡下微眯著眼，像是在沉思。時而張開右眼，偶爾又張開左眼，不時的吐出唧唧細微的叫聲，像極了靈媒，在左右眼的閉合之間傳達著前世今生的訊息。

究竟牠從哪裡來，究竟牠又往哪裡去？在我每一次的思考中都會情不自禁的與那張相片做了連結，像是在關渡看海的時候，想像船從無涯的海中進入眼簾一樣。每天，看到一批批小雞的誕生，漸漸產生一種似曾相識的熟悉感覺，吱吱唧唧嘀嘀咕咕像是在對我說著話。

牠認識我嗎？我有一種感覺，當我們越是聽不懂牠的語言，一旦靠近牠的身旁，牠訴說得越是急切。

四、雞鳴

舊家屋後攀緣竹籬而上的牽牛花，清晨迎著朝陽而榮，喇叭形的小花吹的是公雞的號角。朝顏的牽牛花晨開午休，記憶中幾隻公雞也經常在這個時間站在竹籬笆的上頭。我煞是喜歡天剛破曉時公雞啼鳴前的模樣，佇立、凝思，先低頭旋即昂首引吭，總讓我想起了父親一生的農事生活。那樣的年代，在山歌嘹亮的村落，雞鳴而作，過著黑家白日的生活，低頭賣力的耕種，昂首看見烈陽流出湯汁，為農事的進度和耕種的季節，不時怔忡、思索。

這些年來，我遠在異鄉工作，偶爾就會想起牽牛花間籬笆上的公雞，那一幕情景，是我對父親一種深沉的思念。我彷若感覺，在那一張影像的背後，可以聽見公雞的叫聲和父親唱的客家山歌。

事實上牽牛花和公雞，他們一直是我童年中健康重要的元素，燥熱的體質時患下腹脹痛，大便不通，不能坐臥。父親以芡實、茴香、穿山甲諸藥，加入牽牛梗末及公雞肉質以溫火煎煮，效果奇佳，長大後我在李時珍《本草綱目》驗證這帖草藥的療效。但在同一時間我也想起了，父親以利刃為公雞割喉前，公雞失驚打怪顯得夯嘴夯腮，叫聲零碎失措，以及被刀吻過留下最後吞吐微弱的叫鳴。

五、聲音的蒐集

這些聲音都可以蒐集嗎？父親老了，無力豢養浩大的雞群，雞舍空空蕩蕩，荒蕪冷落如一片野地，從左右二側的大門灌進失留屑歷的風兒。

照常理來說，父親這個時候應該是六根清淨，夜夜好眠才是，父親卻告訴我，他鎮日被雞群吵得無法入眠。

雞不見了，雞的聲音卻留在父親的耳朵裡。我起初懷疑父親一定是聽錯了，他聽到聲音應該是海的呼嘯，父親卻很篤定的告訴我，是雞群的叫聲。是雞群的叫聲嗎？我開始努力的回憶，當我走進舊家數千隻雞群的養雞場裡，咕咕唧唧的雞鳴。重覆。堆疊。浩大。綿延不絕。這般嘰嘰咕咕、拍拍撲撲響在耳裡，像是幽遠的回音，它可以重複穿越時空，在父親的耳邊輕輕呼喚。

父親失眠了。像是傳染病一樣，連帶我也一起跟著他失眠，整個晚上他來回開燈捻燈、喝水如廁，老家突然間生起了騷動的幻覺。我帶父親去看耳科醫師，父親這個時候已經患了中度耳鳴。醫師告訴他，耳鳴症狀的患者，會在靜寂的夜裡，聽到一種長時值或短時值連綿不斷的聲音，包括風聲、蟬鳴、海浪、鳥叫等等。

我頓然大吃一驚，那不就是闗渡老家的雞鳴以及滾滾濤聲嗎？

六、抽象與具象

我打算夜行一趟雞舍。那種心情是在夜行的恐懼中夾雜一種聽覺的渴望。我有足足三年沒有再踏進雞舍，在進門之前，我立於遠處從側端詳它在墨色中的完整身軀，雲飄飄白朗朗的月下，長方塊形的雞舍像是夜晚沒有開燈又不斷前行的公車，感覺它正朝向老家前行、又不斷的駛進父親的性靈。

這樣的感覺是抽象的。日本作家宮崎駿寓言世界中的龍貓公車，故事中小女孩皐月為了尋找妹妹，在夜晚搭乘龍貓公車迅速奔馳過田野、穿越樹林、爬上高壓電線，抵達了妹妹所在處，卻意外發現眾人竟然看不到龍貓公車呢！不管是寓言也好，是卡通也罷，我卻深信著在這個世界中，有許多不為人肉眼所見的抽象事件，不斷以具象進行，特別是在父親無數失眠的夜晚。

我輕手躡足將門推開，刻意的豎起耳朵傾聽，心裡其實有一些矛盾，渴望聽到一些聲音，又害怕聽到明明不可能發生的聽聞。打個比方說，我心裡有些害怕，那些曾經被我吃掉的公雞，牠們的靈魂對著我嘶吼準備復仇，卻又期望能找到叨擾父親清眠的聲音源頭。不過嚴格說來，我此趟是一無所獲，除了蟋蟀窸窣、鼓鼓蛙鳴、靜靜聽時，從海的那邊拍來撲撲濤聲外，並沒有聽到任何雞鳴，特別是龐大雞群的叫聲。

七、思想與相思

我決定離開了！其實我有一些卑鄙，假裝若無其事走出雞舍門前的那一剎那，又狠狠的快速回頭，因為我懷疑有些不為人知的情境，經常在我們的背後圖謀不軌。直到我走出門外將門扣上，我仍不肯罷休我的佯裝。

我突然聽到了！雞舍內一陣漫天的雞鳴，我急急開門，雞舍又瞬間靜了下來，再關門時又被我聽見了。這是錯覺嗎？或者是蟲「唧唧」、蛙「咕咕」、結合海浪拍岸「砰砰撲撲」呼嘯，讓我耳朵在瞬間響起了嘰嘰咕咕、拍拍撲撲的群雞叫聲。我決定用這一種可能可以徵驗的說法，為我那晚的聽聞自圓其說，否則我斷定自己將會被雞靈復仇的想法緊緊追緝。

父親呢？他聽到了同樣的聲音了嗎？我想這有兩種可能，站在關渡郊區面海的地理環境，父親可能聽到與我同樣的聲音頻率。另外一種可能就是父親耳朵確實響起了群雞的叫鳴，這聲音源於父親對雞群的思想與相思。

他早就習慣耳朵中纏繞群雞的叫聲了，在他全力爭取繼續養雞，子女們卻為他身體健康極力反對的這三年，期望和遺忘不停拉拔。心神成疾，於是，情不自禁聽到雞鳴。

八、相片的發聲

我猜想父親的耳朵，就像是留聲機或錄音機之類東西，可以在時光流逝之後回過頭來重新播放。但對於已然不復的聲音，留聲或錄音其實不能舒緩相思的情緒或者安撫身心，反而會讓相思的病痛加劇。

為了父親病情，我將父親接到城中居住，希望勞累一生的父親，就此可以擺脫雞鳴。搬家前整理行囊翻箱倒櫃，我在父親的抽屜中發現了一張照片，因為年代久遠紙張泛黃，其上穿插零落灰黑如豆的斑點，不過仍然依稀可辨其中內容。光著腳丫的父親，戴著斗笠，肩上挑著高腳籃，右邊籃中看得見鍋子鏟子，左邊籃中的一角，裝一隻公雞和母雞。父親和牠們都帶些精神，留下了這張具有歷史性的鏡頭。

父親再看見它，笑了，「咕——咕咕咕，咕——咕」父親發出雞叫的聲音，彷若又回到他希望的記憶中。那年從花蓮踏回關渡，一隻公雞一隻母雞是父親無限的夢想，是源源不滅的希望。從兩隻到十隻，從十隻到百隻、千隻，以至於整座雞場。像是燈蕊，懷抱光明的壯志。

九、公雞父親

搬來城中公寓，九樓，春天的季節。

陽臺上的牽牛花，早晨綠蓋擎天，紅花映日。家裡沒有公雞，卻無端出現公雞的叫聲。從睡夢中醒來，緣著公雞的叫聲探究，看到了父親立在陽臺邊牽牛花間。

「爸！您在那兒做什麼？」父親沒有應答。「咕——咕咕——」父親拿著那張相片繼續發出了公雞的叫聲。

「爸！您在做什麼啦？」我趨前放大聲音。父親這個時候聽力已經大不如從前。他彷若聽到了，仍然一邊學著雞叫一邊回頭，當他的目光看見我時，他的聲音停了下來，像是若無其事。我回房後一會兒，雞叫的聲音又進入我的耳裡。我開門縫偷看父親，在他學公雞啼鳴前的那一剎那，佇立、凝思，先低頭，旋即昂首引吭。

我彷若看到了故鄉牽牛花間的那一隻公雞。

十、執雞之司

父親這一生斷定是要纏繞在群雞的叫聲裡了。

我已經習以為常以公雞的叫聲為起床的訊號。打從父親看到那張相片開始，便把它視為珍寶，每天他都看著相片中的公雞啼鳴，我懷疑那兩隻雞應該是父親聲音的原動和源頭，像是龍貓公車一樣，看不見，卻具象驅動人們的性靈。

而父親學雞的叫聲真是像極了，我相信這是因為一生的耳濡目染，綿綿密密蒐集在父親的腦海之中，經過長期的修正，幾乎可以到達重製的地步。台北這個城市，這個時間在父親的叫聲裡，迎向活力和朝陽。

鶴知夜半，雞知將旦。父親任重道遠擔起一隻雞的職志，獲得我和妻的默認，把它視為生活中的一環，一項必經的生活節奏。再帶父親至醫院看診，醫生滾動滑鼠，穩穩扎扎的告訴我，父親的身體改善了許多，只是多了老人癡呆的症狀。我更加的懷疑，父親嘴中的雞叫聲，是自然無意識的，在父親的記憶被歲月挖空的同時，相片中的公雞逐漸占據取代父親性靈。

十一、喚醒城市的雞鳴

這一天早上，雞又叫了。我步出陽臺和父親並立，公雞持續的叫著。我看見被雞喚醒早起勤奮的人們，在城市中大規模的移動，我看見新生南路車潮洶湧像壯闊的波濤，一波接著一波，這是台北的活力。

公雞在牽牛花間不斷用力的啼。彷若，我又回到了關渡。

手抄一張宣紙

ㄜ喜歡這種縱橫全場的感覺，像是樂團的指揮，正用一雙手舞弄出一首美妙的曲子。當她抄起竹簾靜止在空中，彷彿在曲子終結的剎那，她清楚的聽到，篩下竹簾的水聲如掌聲響起。一張厚薄均勻、令人興奮的潔白紙張，便在簾上隱然成型。她彷彿看到在黑魆魆的森林裡，鑽出來一隻潔白的精靈。

當初來到這裡，工頭直朗朗的說ㄜ是撈麵條的，那種帶點調侃的況味，讓ㄜ覺得又是好笑、又是好氣的。對於一個高職剛畢業的小女生而言，要端起竹簾的框架在漿中左搖右晃、前推後擺的抄起，似乎要拿出生孩子的氣力才能完成，復加上抄紙終日必須彎腰駝背，不禁讓人大歎師傅難為。

看到菲籍的抄紙師傅，正用熟練的技巧，輕巧的做一張全紙（長四尺五寸、寬二尺二寸五分），而自己卻需卯足了吃奶的力氣，才能抄一張對開的宣紙，雖然是小得精緻，但對於紙張厚薄的掌控，確實會讓ㄜ心生不平。當紙尿褲的厚度以及衛生紙般的薄度，同時出現在一個竹簾的框架中，ㄜ的雙手也在同一時間內催動心情的起伏。

簾入槳槽，像是石落湖中，鼓漲的漣漪，久久不能平靜。

有好一陣子，ㄜ不再拿起竹簾抄紙，她希望用時間來豢養心中的寧靜。於是白天她騎著單車，藉著觀摩的名義，到附近的紙廠逛逛，順道瀏覽埔里的好山好水。此地因為得力於天然的山泉，水質清澈見底，以致於所產宣紙的顏色勝過水的清明，如同霜月般的皎潔，又像秋風般的爽朗。ㄜ在那年的秋天來到這裡，發現埔里近晚的天空，太陽總是提早被山遮住，但餘暉依舊照出滿天的白，像一張偌大的宣紙。有時候幾朵烏雲點綴其間，又如一張極富麗大觀的水墨畫。那些日子，ㄜ經常把單車丟在路旁，傍晚時分，就坐在紙廠後方的一泓清泉旁，感覺淡藍的流水，像一張寧靜的色宣，落葉在其間展演著行雲流水的書風，而遠處參差不齊的山巒，像一張不規則的虎皮宣，載畫著叢叢的樹林，與一座跟著和尚遠離塵囂的廟宇。

ㄜ有越來越深的感覺，自己正置身於一個屬於紙張的城市。

這樣的說法，好像有點荒誕不經。但是，生活在紙廠林立的宣紙小鎮，似乎在張眼、閉眼之間，都離不開宣紙。當一個人仔細省視自己周遭的生活，便不難發現周圍的事物，無一不反映出自己的形象，無一不寄託於自己的情思之中。ㄜ對於宣紙的鍾情，就如同文人與紙一見傾心、款款陶陶一般。為什麼如此？ㄜ也說不上來，但唯一可以確信的是，一張宣紙在ㄜ的眼裡，它蘊藏著奇異的力量，看了會讓人身心得到平和。

那麼，抄紙與賞紙之間，必定存在著二種截然不同的差異，以致於營造ㄜ心中各赴殊途的心境。ㄜ聽聞過許多製酒的師傅，不喜歡米飯發酵後餿壞的味道，卻深愛製成的酒香。為了探究這個原因，ㄜ決定暫時放下抄紙的工作，並自願擔任紙漿製程中的打雜工。

宣紙的原料——楮皮，來自泰國，進口的楮皮被工人綁成一個個方塊，ㄜ直覺得那形狀和質度，像是母親剛蒸出籠的全麥饅頭，淡灰的色澤綴著麥黃，感覺非常可口。ㄜ費力的挑著山泉浸泡楮皮，並不斷的將浮出水面的楮皮，用手壓入泉中，期使能完全浸泡，如同母親將麵粉加水後，用力的搓揉均勻一般。她時常坐在一個鋁盆前，看著母親的雙手在其中賣力的模樣。

ㄜ的母親告訴她：「要做一個好吃的全麥饅頭，除了要有好吃的麩皮，更要有新鮮的麵粉。」而紙之所以為紙，就如同文人之所以為文士是一樣的，不是什麼質料、什麼途徑便可以成就的，就像蒸砂不能成飯，撒豆是不能成兵的。做一張手工宣紙，首重上選的材料，對於文士而言，便是人生道路，是生活方式的鄭重抉擇。

選擇到埔里，應該說是出自ㄜ內心對於宣紙的喜愛，祖父當初說什麼也不肯讓她隻身到南投，卻拗不過ㄜ的執著。至於ㄜ的母親，什麼也沒說，ㄜ的父親死後，她和新爸遠在台南。從國小到高職，母親總是在學校午休的時候趕到校門口，將她緊緊的摟在懷中，臉上的辛酸夾雜著高興的笑容，一張百元的大鈔，幾顆溫熱的饅頭，暖暖的，在ㄜ的心坎裡。ㄜ知道母親為了生活，選擇了新爸，祖父為了香火，不辭辛勞選擇了ㄜ。這中間誰都沒錯。當一張宣紙選擇了楮皮做為它的肉身時，便註定它將成為中國藝術的瑰寶，與一代代的文士難分難捨，ㄊ深深的知道，她和祖父、母親之間，同樣有著切不斷的血脈牽連。

楮皮在水中浸泡，約莫二天的時間，生硬的楮皮，將變得柔軟貼實。為了讓原料易於解纖成漿，她挽起衣袖撈起楮皮放進鍋爐內蒸煮，熇熱的火勢在鍋下烈烈燃燒，ㄊ枯坐在旁。其實，母親走後的那幾年，她時常蹲於灶前，用柴枝燒煮一鍋飯，然後，巴巴的等著祖父從濃稠的暗中荷鋤歸來。夜晚，二付碗筷、二盤菜餚、經常相視無語。

工頭再三叮嚀，蒸煮的火勢不能中斷，當鍋內的熱水持續沸騰，才能蒸煮分解楮皮中的雜質和黑色素。ㄊ相信任何一件事物，經過了時間刻骨銘心的淬鍊，將有助於長久的留存，像是山中老頑的樹幹，經過千年的日曬風霜，身軀經過雕工製成屏風，就算是羽扇綸巾的幽靈，也會相聚在這裡重溫古雅的情懷，並再敘千年。於是，ㄊ對於古人製紙過程中「煮楻足火」的說法，有了更新的詮釋。它是一種去蕪存菁的篩選，是苦悶的修鍊，是浴火重生的鳳凰。ㄊ也覺得，上天也一直給自己的人生磨練，她好像在烈火熠熠中，學會獨立成長。

ㄜ不敢掉以輕心，一連二天，水聲隆隆的在鍋內作響。這聲音，是源自於一張宣紙的呼喚。遊子總是在思鄉孤獨的時候，一張信箋，便作鴻雁尺素、往來傳書，當落筆於紙，遊子便可思飄萬里，穿越時空呼喚成聲。

水聲依舊綿延。ㄜ好幾次想提筆寫信給母親，卻怕相思帶給她更多的煩惱，她有新家、有新爸，和ㄜ隔著千山百川，不是說來即來、說去即去那麼容易。在ㄜ的書篋裡，一樣蘊積著多年震天的呼喚。莫怪ㄜ的母親，總是三不五時的從台南來看她。

蒸鍋熄火後，楮皮需再經過一次的清洗和漂白。楮皮漂白，不是單靠藥物就能造就它的潤澤清新，ㄜ再次用潔淨的山泉不斷的換洗，並取下櫃中少許的次氯酸鈉倒入其中，然後一桶一桶的搬到廠外空地，接受陽光紫外線的漂白。ㄜ從老師傅口中得知，日光的漂白效用要比藥物來得更為有效，就算是不用次氯酸鈉，山泉和陽光，同樣具有神奇的漂白效果。所以，宣紙的白，它是一種自然的白，看來並不耀眼，但清心的色澤，卻可長久如新，百看不膩。

守著陽光、守著楮皮。太陽下山，ㄜ再將楮皮挑回廠內，將其置入打漿槽中。馬達起動，一時棒棍齊飛的旋轉，直到楮皮解纖成漿，像是入水攪拌過後的太白粉，冷靜、黏稠、所有的纖維都緊密的融合。ㄜ的祖父和母親之間的傾軋，經常也穿插一些口角和棒棍，他不准她到學校看ㄜ，更遑論踏回家門。其實，ㄜ心知肚明，祖父不願ㄜ一個人到埔里，是怕母親乘機占據了她。ㄜ清楚的記得，他拿著竹棍踉踉蹌蹌的追到校門；她，提著一包饅頭，慌忙奔逃。留下幾乎快要凝滯的氛圍，是一缸永遠也無法解纖融合的澀漿。

紙漿已成。接下來就是又愛又怕的抄紙工作了。

這次抄紙之前，ㄜ試著憑空模仿菲籍師傅巴森，端起竹簾放入紙漿槽中，以擺浪式前後左右搖擺撈起，一連模仿了好幾次，巴森忍不住大笑的告訴她：「紙是黑森林鑽出的潔白精靈，抄紙該學習的是用森林的寧靜來為精靈催生。」ㄜ頓然開悟了，「白」原來是無色的，它代表著傳統與淡泊，準此觀之，要孕育一張明心見性的宣紙，必先要在心中放置一個寧靜的搖籃，才不會在左右得失間不定的搖擺，造成抄紙的框架無法平衡，致紙張出水後厚薄不一。先前ㄜ因急於想做一個成功的抄紙師傅，患得患失，竹簾甫一出水即猛力的搖擺，她忽略了一張宣紙製造過程的水浸日曬、千錘萬杵，從原料到紙，可謂是脫胎換骨，歷經千山萬水、九九八十一難，才得到的真如本性。

ㄜ終於瞭解，原料和成紙、抄紙和賞紙之間所存在的懸殊差異。而這般轉換的艱辛歷程，絕非一時的意念便可造就，就如同祖父和母親之間的那道心牆，隨著時間越築越高，唯有看淡得失，才能慢慢的拆卸用擁有和失去交相堆疊的磚塊。

再次拿起竹簾，ㄜ的心中已不再設有得失的堤防。在ㄜ的心湖之外，此刻有一座更寬闊無邊的海洋。當竹簾蕩入漿槽，如同船隻在大海乘風破浪，她清楚的告訴自己，要以平常心來應對狂風和驚濤，面對自己人生的際遇，就算再次看到厚薄不勻的簾上紙膜，ㄜ的心情也不會隨著波濤起舞。畢竟，相較於一張宣紙歷經的九九八十一難，人生所有的挫折都已微不足道。

祖父人在台北，長年苦於風濕痛，春夏之交往來埔里頻繁。母親遠在台南，和新爸忙於瓜作，夏末採收後，秋冬常到南投來陪ㄜ。一個春去秋來，一個秋去春來，轉眼已是十個寒暑。如今ㄜ已成為紙廠中首席的抄紙師傅了！或許，時間就是一張白紙，讓他們在身歷其中後，慢慢的體驗淡泊與平和。台北和台南，ㄜ在其中找到了一個平衡點，她在抄紙的搖擺晃動間，學會了如何讓框架中的竹簾平衡。

此刻ㄜ身心舒暢。坐在窗臺前淺酌一杯埔里美酒，想起了詩人李白晚年，搬到中國以出產宣紙聞名的安徽宣城，為哀悼當地一位釀酒名家的死亡，所寫〈哭宣城善釀紀叟〉的詩句：

紀叟黃泉裏

還應釀老春

夜臺無曉日
沽酒與何人

彷彿，詩人當年所置身的宣紙之鄉、美酒之城，就在美麗的南投。

ㄜ端起酒盃，ㄔㄒ於宿舍寧靜的長廊，在皎潔的月光下，依舊可以清楚的看到遠山的輪廓，她舉杯向青山對飲，驀然，一顆流星以彩虹的姿勢墜入漆黑的山林。ㄜ確信，那就是隱藏在山中的潔白精靈。

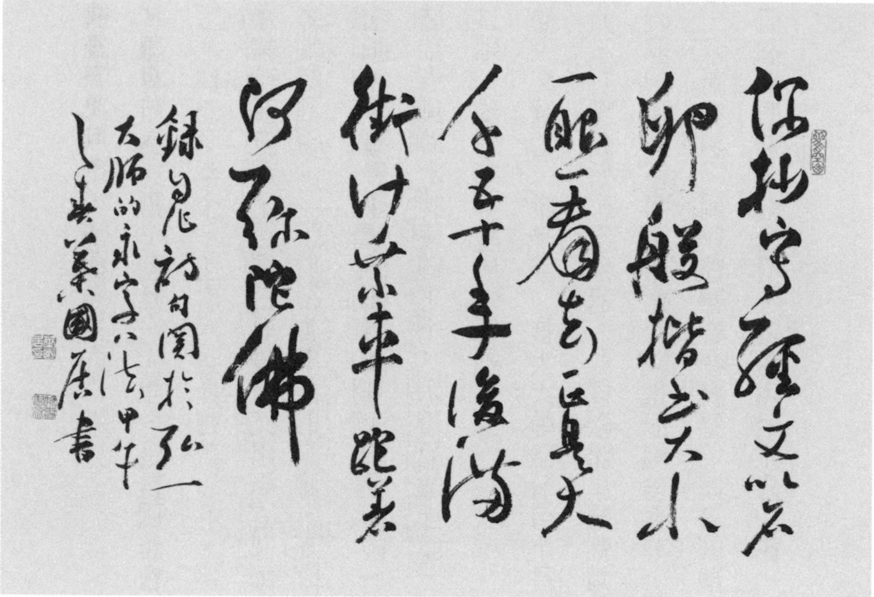

你抄寫經文以石
卵般楷書大小，
一眼看去正是大
千，五十年後，滿
街計程車跑著
阿彌陀佛。
錄自作詩句〈關於弘一
大師的永字八法〉甲午
之春葉國居書

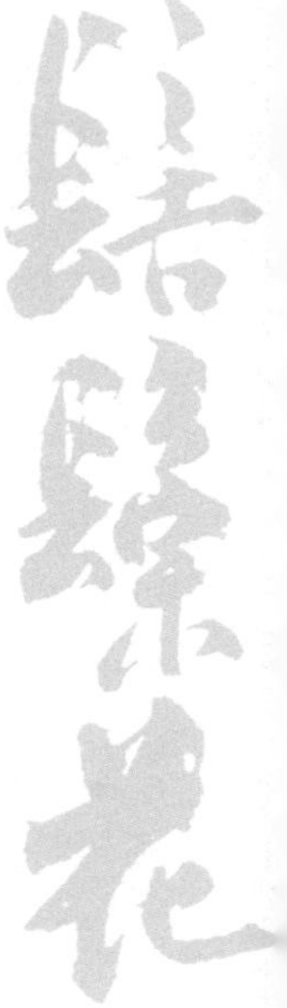

父親的六食事

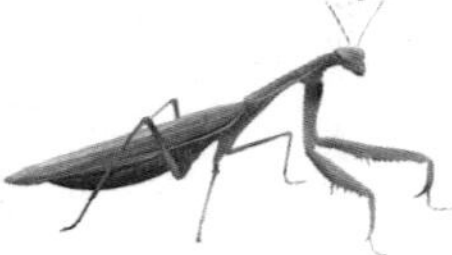

第一食 食魂

在眾多的食材中，番薯，是客家的食魂。

番薯來自番邦，據說在明萬曆年間，廣東客家人林懷芝在交趾國醫治了該國的公主，國王賞賜一條番薯，由於當時交趾國嚴禁番薯外傳，名醫心想引回家鄉種植，他向國王提出生食番薯的要求，他咬了數口，若無其事的置於腰帶間，冒著生命危險帶回客家莊，中國從此有了番薯。

好幾次我在父親的口袋裡，發現咬過的生番薯，放久了瀕於發芽，如同故事的開端。從交趾到廣東，從廣東到台灣，番薯遠渡重洋落地生根；我們家的祖先也從粵東渡過黑水溝，他鄉作故鄉，在這塊土地安身立命。他（它）們有共同的籍貫，同樣飄洋過海，代代繁衍。在物力唯艱的年代，客家莊家家戶戶都種番薯。由於番薯可以透過不同的形式久藏，且易於攜帶，在青黃不接或逢旱澇，它的地位水漲船高，也由瓜果之屬浩浩蕩蕩躋身為主副兼用的糧食。

番薯大小不一，面貌各異。客家莊有一句話：樹老生根，薯老生鬚。成熟的番薯鬚多而長，也不乏有如彎月的凹槽，狀若人嘴。收成後的番薯集中住在舊宅一隅，它的地位不亞於人，有專屬的房間，我們稱之為「番薯間」。我覺得它們總是在不為人知時，透過凹槽之嘴交頭接耳。父親也經常在番薯間喃喃說話，他和番薯聊天了嗎？農村生活寂寥，我猜，父親有可能在朝夕相處間，聽懂了番薯的語言。

年輕時候的父親，爬坡耕作，上山砍柴。番薯隨身攜帶，餓以充飢。農閒時節，他遠赴外縣市做零工，為省車資每星期回家一次，他的包袱裡，數條甘薯。在如墨的夜，一口水配一口番薯，那帶些泥味的生番薯，有濃郁鄉土的味道。也有可能它和父親在異鄉的月夜，地北天南的聊，解開了父親的鄉愁。

小學時我上學帶的飯包，番薯三不五時的就反客為主多於米飯，甚至有的時候鳩占鵲巢。米貴薯菲，係因為番薯易栽易植，生命力極強，只要你稍不注意，它就能在番薯間冒出新芽。我一向認為，薯是一種多形式的魂，在暗中拉長，在土中滋長，可以生硬硬的在父親的口袋，也可以熟軟軟的在我的便當。它以不同的形式存在，又以不同的形式溫飽客家莊，成為延續命脈的靈魂。

父親老病了，亟需營養，我蹲在病床旁，問他想吃些什麼？他輕聲的說，生番薯。我詫異又不想讓父親失望，在醫院的外圍找到烤番薯的攤位，買了一條生地瓜。老闆一臉惑然，我旋即告訴他原因。

「仙丹啦，番薯是仙丹啦！」老闆隨葫蘆打湯般的向我搭腔。

一星期後，父親出院了，在他的口袋中發現咬過數口的生番薯，將它棄於後院竹林下的堆肥旁，那知數日後，番薯藤向天抽長。我為它出奇的生命力感到驚奇，拿起來放在手上挲摩，不料父親就站在後方，中氣十足與大病前判若二人，口講指畫的要我將番薯移植入田。

受過傷的薯，受過病的父，在同一時間，我看到他（它）們回復青春的靈魂。就在我替番薯搬家時，看到它彎月凹痕的嘴巴，若閉若合。

彷若，它剛剛才和父親說過話。

第二食 食鹹

父親吃食物偏鹹，他覺得鹹，才入味。

我從小跟父親下田，崇拜父親的力氣。在烈陽如漿下劈草挑擔，舉鋤深墾如同鐘擺。父親的力量，如源頭活水，取之不盡，用之不竭。

一次，父親沿著坡上逐級墾地，將石頭從坡土中逐一篩出，一如除去心中的塊壘。在炎炎的陽光下翻土，過程中發現一個鵝黃色的石頭，父親彎下了腰，掂了又掂，要我把它搬回。石頭看起來不大，但我使力卻搬不動。

父親說：你沒食鹽，係沒？

客家人慣以「沒吃鹽」來形容一個人手無縛雞之力，不若今日健康專家，動輒愛用少鹽或寡鹽的詞彙。對父親來說，專家們專說一些沒根沒苗的話，他認為鹽，是力氣之源。於是，家中所有可以久藏的食物，大抵都是鹽上加鹽。冬日，芥菜在田畝中如翠玉青青，砍斬後在田中曬軟，挑回後置於大缸，灑上一層厚厚的鹽巴，經過腳踩石壓，數日後就變成黃金酸菜，煮湯美味生津止渴，具有解暑及增添食欲的功效。將酸菜再晾於竹竿上，迎風爭戰數日後，再撒上一層鹽，以竹竿推壓進入瓶中，成為白鑽福菜。設若曝曬時間再長一些，就是烏黑黑的黑珍珠梅干菜了。父親把梅干菜捲成一團團如髮髻，我時常在那團團的梅干菜中，發現白白的鹽巴，一如祖母的髮髻黑中帶白，經過歲月年年洗禮。

在父親的心裡，翠玉、黃金、白鑽、黑珍珠，都是客家之寶。鹽巴，乃止腐化神的精靈，讓食物的生命延長。從另外一個角度看來，父親的力氣也存在缸缸甕甕瓶瓶罐罐之中，像《大力水手》的卡通，主角卜派食取罐中的菠菜後，其力拔山河。

七月中元的豬肉可以食至年關；蒜頭在甕中養精蓄銳足以沉潛數年；最厲害的莫過於老菜脯了，將菜頭削成三角錐狀曬乾後，在如墨的甕中，變成永不老死的黑精靈。如果沒有鹽巴的話，客家產業的故事就會迅速乏味，也因為重「鹽」，器「皿」上多了守味的忠「臣」，就如同詞彙中的「歷久彌堅」，保有客家純真的初衷和義氣。在我心中，時時刻刻都可以體認，每一道客家菜，帶鹽帶力。

父親賣力耕種，夏日傍晚，薄薄的衣裳，依稀可見流過的汗痕，彷若地圖的輪廓，在那版圖的外圍，我驚然發現有些細白的砂粒。

那是鹽，以精靈的姿態，守衛父親一生的疆土。

第三食　眼食

父親節儉，吃不完的菜餚絕不浪費，一道菜，數天之後仍出現在餐桌上，早已司空見慣。儘管如此，父親請客講究「澎湃」的氣勢，出菜如浪，一波接一波，令人眼睛一亮再亮。

窮，絕不會在客人面前露出窮酸；儉，寧願勒緊褲帶也要表現得落落大方，客家人的熱情可以讓客人用眼睛體會。從禾埕的尾端，搭起簡易的帳棚充當廚房，十來張餐桌一字排開。禾埕下方是茄苳溪，溪岸茂林脩竹，曲水流觴。幾千年前，王羲之於會稽山陰的蘭亭，一觴一詠的畫面令人神往。客家深具美感的野宴，也在杯酒交錯間、在山林幽幽流水悠悠的客家莊頭。

寧可酒多，不可肉少。桌上的佳餚一道道，大抵都是豐盛的肉食，白斬的雞鴨鵝、以及肉類搭配的料理目不暇給。盤，講究大盤，「大」是一種饒具深意的壯膽，宣示主人是不怕吃的，客人也可以吃不怕，不會三兩下就盤窮底現。以大盤擔保，保證客人可以盡興吃喝，也正因為如此，滿足了口腹，還可以欣賞到飽滿豐盛的意象。父親請客每次出菜十六道以上，多則超過二十道菜，令人大開眼界。

我念書的時候，有一回老師到我們家做客，父親勸酒勸菜，滿桌佳餚，賓客筷子起落頻頻，宴席結束餐盤上菜餚仍堆積如山，刨根究柢係出自備料充足，隨時回補。在做菜的時候，也講究美感，形式及搭配毫不馬虎。老師回校後告訴他人，客家人請客熱情十足，口眼皆惠過癮至極。

清朝美食家袁枚，在《隨園食單》一書中，提出「戒目食」的說法。有一回袁枚到朋友家做客，主人單單上菜就換了三次席，點心十六道，一共出了四十多道菜，主人沾沾自喜，袁枚在散席後還回家煮粥充饑，因為他批評廚師要在短時間趕出那麼多道菜，對食物味道判斷就不會精準，遑論美味。但對父親而言，他難得請客，雖然餐盤堆疊滿桌，出的菜可是早就想好的配套，又精又準，絕非看得到而吃不到的鏡裡觀花。如以「戒目食」以量歸類的說法，來論斷父親請客滿桌的佳餚，對父親是不公平的。

第四食　食乾飯

印象中，父親未曾於早餐食粥，這攸關父親田事的勞動強度。父親說，「氣」字中間是一個米字，米是精氣的來源，他認為要吃粒粒結實的米，田事才能實實在在。

食乾飯的習慣，淵源於代代相傳，客家族群南遷的過程中，經常受到土著的歧視，襲擊的威脅，在鑄山煮海絕處逢生的開發過程中，食乾飯耐餓已成為一種生活智慧。從小，父親不許我在飯時間嬉戲，因為他認為，吃飯有多認真，做事就有多認真，他對待米飯，恭敬、嚴肅，就是不能接受糊來糊去和稀泥的稀粥。

我們家少煮粥，即便煮粥，也絕非米少水多的薄粥，而是較稀飯而稠的厚粥，以芋頭或長豆拌入熬煮。晚餐，父親努力吃了四五碗厚粥，夜裡翻來覆去，肚子咕咕作響，屢試不爽。清晨他便會向母親抱怨，說他的胃只能裝乾飯，食粥徹夜難眠。相對於我們家的田地皆在坡上，或許父親要比別人花更多的力氣爬坡耕種，肚子吃得實實在在，挑擔自可舉重若輕，爬坡方能如履平地。

民國七十一年，我離家在台中念大學，學校外圍有許多賣清粥小菜的早餐店，我試著嘗試，果然未及午時全身軟弱無力。我突然體會到一百里外的父親耕種的辛勞，想像父親田事繁雜又無力氣耕作的焦慮，莫名其妙的心慌起來，我覺得那是一種憂鬱。是日向晚，我打電話回家，聽母親說，父親為田事做不完心焦如焚。

粥吃在我的嘴裡，卻餓在父親的肚裡。我與父親交感互通，每一刻體會到父親在壟畝間耕事的辛勞，在烈陽下流下的黑汁白汗。從那時候起，我早餐便與清粥此疆爾界。三十年來，我朝不食粥。

第五食　耳食

客家人有好客的美德，父親對於想要請的客人，就希望他一定能來。貴客臨門，好事傳千里，他認為會有好名聲。

父親胼手胝足，賣力耕種，他不懂得交際，對於請客這件事，是熱情而有分寸，深怕超過尺度，就變成謬誤。有朋自遠方來，必定以禮相待，但卻不會巴結權貴，來彰顯自己的身分與眾不同。

客家祖先留下「晴耕雨讀」的傳統，希望教養子女可以出人頭地，對於同村莊的小孩視如己出，同樣關心鼓勵。小時候，我覺得整個村莊的婦人，都是我的媽媽，整個村莊的男人都是我的爸爸，因為只要我在外面行為不檢點，很快的，就有很多的「耳報神」，向我的父母親投訴，當我回到家時，家法已在大陣仗等候。那時沒有手機、監視器，但整個村莊的教育網就如同天羅地網。千里眼，順風耳，在客家莊如影隨形。

童年時，父母親和別人換工割稻採茶，農忙時，我常會到上屋下家吃飯，甚至父母晚歸，上屋下家的阿婆已幫我燒好熱水洗好澡，等父母親回家後，我便可早早上床睡覺，以免晏眠晏起，來不及第二天上學。那個年代，整個客家莊都在共同教養一個孩子。

當然，小孩子長大了，設若出人頭地，考上碩士博士，那也是整個客家莊驚天動地的事。聽到窮苦家的小孩榮登金榜，考上公職，父親便不自覺的感動起來。他沒讀什麼書，夯嘴夯腮的說不出什麼漂亮的祝福話，但三五顆雙鉤的淚珠兒，滴滴答答歷歷落落從眼珠掉下來。不只是感動，他還會付諸行動，主動請那個「出人頭地」的小孩，他覺得窮苦人可以改天換地，何其有幸！花錢請客，美名盈耳，主人客人都享有一頓道道地地的「耳食」。

父親每年都貼同一對春聯，「人要立志虎要威，虎瘦雄心不可摧」，當我年紀越大，越覺得這對春聯箇中意義非凡。早年窮苦的客家莊，田埂埋沒許多人才，但窮不能窮志，才會有出頭的一天。我考上大學的那年，好像全村的人都上了大學，吃喝近月，用嘴吃，其實我也用耳吃，因為透過請客讓上榜的消息不脛而走，賀聲不絕，算來也是另一種「耳食」吧！

第六食　食內雜

父親愛吃內雜，即禽畜的內臟，不論腥臊，都是美味。就連血也不錯過，豬血雞血鴨血，盡入腹底。

許多人不屑一顧的內雜，經過客家式的烹調而成國際揚名的美味。父親會烹飪拿手的祖傳私房菜「涮九門頭」，這在台灣並不多見，正因為如此，到我家做客的人，都難忘這一味。涮，就是把生的肉片、魚片放在開水鍋裡略煮一下就吃。但父親卻喜歡將內雜同涮，以牛為例，九門頭就是指牛身上九個部位，脊肉、舌頭、百葉肚、肚壁、肝、腰、心冠、牛睪丸等。湯底以牛肉，加上香藤根、鴨香草、陳皮、薑片、香醋熬成，調料則是以芝麻醬、辣椒、薑汁製成。就這樣，許多的內臟，成為上等的佳菜。

當然，類此佳餚，難得幾回嚐。關於內雜中，「客家薑絲大腸」算來也是父親的拿手菜，將豬大腸用沙士搓揉清洗，先予川燙，用蘇打粉攪拌，配上醋精、薑絲、米酒以猛火翻炒，這種會令人「吃驚」的酸度，表現在餐桌上，讓人振奮提神。我時常思索，父親利用這些便宜的食材，讓客人回味再三，不起眼的內雜，變得誘人，這好比是麻雀飛上枝頭變鳳凰，廉價的食材經過料理身價看漲。醋精的激情，會讓人陷入熱戀。我每每離家許久後，就會懷念這味，久別後重逢，愛在洶湧，乾柴烈火不能壓抑。

然而內雜中，仍以豬血與我們家日常三餐最為密切。將豬血裝入缽中，放鹽添水，攪拌起泡，俟凝固後倒入鐵鍋中煮。一邊煮，一邊要用勺子在豬血表面撫摸，像畫圈圈一樣，性情要溫溫柔柔，豬血在鍋中，如在水族箱中游動的一尾紅魚，輕輕悠悠。時間和火候要恰到好處，否則豬血太老則充滿小洞，味如嚼蠟。太嫩，又流於稀粥，再加工則困難重重。

父親那雙手能粗能細，於壟畝間可舉鋤握刀，在廚房裡又可執鏟握勺，他專注細心，不斷用勺子輕輕、輕輕的轉圈，吃豬血可以吃出父親的溫柔，那畫圈圈的動作，至今仍是我懷念的幸福和圓滿。配上酸菜的豬血湯，搭配米食的豬血糕，或以切片的方式，搭配調料、韭菜、鵝腸拌炒的借味烹飪，在我成長的過程中，飄飄欲鮮。

假面的證明

臉譜

ㄜ確信在山林之中，一個人的臉譜，就蘊藏在廣大的林相裏。

他站在平躺的台灣杉木樹幹上，像是站在一座獨木橋的中間。他不時的將目光移動在杉木樹幹前端與死去母親的相片裡，頸項如同汽車的雨刷，左右不停的搖擺。ㄜ有一種感覺，在他重複恍忽的晃動間，有些時候，他甚至分不清是母親或是杉木的容顏。

ㄜ依舊凝視著杉木，不規則的菱形紋路，如同母親臉上清晰的皺紋肌理。兩個黑洞像是母親凹陷的眼睛。母親在每一個山風呼嘯的夜晚，飛起黑白相間的髮絲如同樹上的枝葉飄揚。ㄜ認為母親死後，其實她還活在山林裡，這棵杉木延續了母親的生命，母親的靈魂移居其中，杉樹的年輪接駁了她的歲月。ㄜ更深信著，母親仍然日以繼夜的守候這一片浩大的山林，就如同山上被砍伐的林木，無論離家再遠一樣留著根。

這一天，ㄜ的心中有些惶惑不寧。夜晚，微紅的燈泡隨著風兒蕩漾，從工作室向窗外望去，濃稠的山林用夜色豢養一罈星子，他躺在那株杉木的旁邊，望著滿天的星辰，他想起了母親。

嚴格的說，ㄜ的母親算是長壽。相對許多年輕族人嗜酒成性，死於血管或是肝疾者眾，母親年過七旬要算是超級人瑞了！ㄜ的母親竭力反對族人以原住民的壽命較短為由，向政府爭取將敬老津貼發放年齡的門檻降低，她不承認族人是天生的短命鬼，她認為只要不酗酒的話，族人的壽命要比滿山的杉木還長。

杉木。山林樹種不勝枚舉，真不知有多少千年的住客，諸如檜木之類的樹種錯落其間，為何母親偏要用台灣杉木來作譬喻呢？這與ㄜ的生活環境有重大的關聯。ㄜ就住在龍安部落的邊緣，住家附近杉木群聳天林立。家中的坐椅、餐桌、屋頂的梁木、燒煮的木柴，幾乎沒有一樣可以和杉木脫離關聯。最重要的是，杉木是ㄜ母親生前的衣食父母，她以杉木為雕刻的材料，做利劍、刻長槍、刻原住民風味的頭像，甚至是出草取回風乾多年的頭顱骷髏，在她的雕刀底下，讓原始的山林延續著族人的風味與生活，戀戀連連永不斷截。

ㄜ的母親生前是原住民的藝術家，她的創作理念展現了強烈的族人風格，她不希望自己的創作，流於孤芳自賞沒有共鳴的自慰性藝術，於是她以杉木創作的木雕作品，時常能引發族人發自內心深處的共鳴，像是恍如隔世後，見到了久違的親人一般，令人涕淚縱橫、激動不已。

杉樹在母親眼裡，是最長壽的了！除了可以複製族人生活，經由頭像器物的雕刻，族人的臉譜、形象、精神將永遠定居在群杉裡。ㄜ躺在那株杉木的旁邊，想著想著，不知不覺的睡著了！夢裡，他似乎有意識感受到，身旁的杉木慢慢的流露出母親的味道，ㄜ漸漸的用膚覺體會出杉木的體溫，再不久，他聽到了杉木的仰息。一種發自木頭深處輕微、空靈的窸窣，母親伸出肢臂攬住他的腰夾，他不知不覺的將身體轉向杉木，用手膝漸次的挪移，靠得好近好近。窗邊風呼呼的吹著，恍然間他從夢中急坐，張目望著身旁筆直的杉木樹幹，愣愣的微張驚訝的嘴巴。

媽媽。ㄜ惶惶然的發聲。

就在樹幹的前端，他清楚的看見了母親的臉譜。

真假之間

縣政府推展多元就業補助方案，嘉惠了部落許多年輕人。

頭目考比・沙亞，寫了一個富麗堂皇的企劃案向縣政府申請補助，主旨是要推動龍安部落的木雕。頭目認為，山上應該要有山上的文化，靠山吃山、靠海吃海。若是在山上造大船，就等同於去海上打獵。沙亞有一個更深的體認，他希望能夠利用縣政府的補助款，發展帶有族人采風的雕刻文化，在經濟不景氣的當口，利用短暫的補助訓練，可以培養族裡年輕人的專長，讓他們能在自己的家園中永續就業。簡單的說，他不希望用補助款買山羊野兔給大家吃，他要發給大家一支弓，讓他們真正的能在部落活下來。

原住民。在某一個角度看來，他是一個道道地地的腹足類。在種類繁多的腹足類當中，有一部分從浩瀚的汪洋朝向陸地探險，最後定居在河川或池塘中，成為了淡水的螺類。從淡水爬到岸上，更有的再從岸上爬到樹上定居，韌性極強的適應了截然不同的環境。多年來，龍安部落的年輕人從山上狩獵，粗工打到鄉間，在城市中幹搬家粗活，同時也將自己嚴重的遷徙，每每在繁華的十字路口發現了自己的流動戶口。更遠的，隨著遠洋漁船遠渡重洋。

ㄜ心想，腹足螺類揹著一個重殼，但是牠的身體卻非常非常柔軟，柔軟得可以適應克服差異極大的生活環境。相對的，外表讓人覺得慓悍的族人，他必定也有偉大柔軟的一面，否則就不足以適應朝山暮海的環境變遷。

眼看假面藝術節就要到了！縣政府希望沙亞推動的雕刻班，能真正的繳出一張成績單來。ㄜ望著那株杉樹，惶然無措的不知要從何處下手。他聽過畫中仙的故事，故事中的畫家作畫傳神，畫中主角竟能從畫境中活化走出，一如卡通中關於雪人的傳說，在寒夜裡被上帝注入生命，帶著在雪地中創作雪人的小孩，臘月寒天，找到了現實世界中虛擬的聖誕老公公，還帶回來一份精緻的聖誕禮物與聖誕老公公真摯的祝福。

ㄜ深深的相信，平板的畫紙，易塌易崩的雪塊，在生命與無生命的關口中，必須要有一道柔軟的連結就能使其相通，而且可以來去自如、通行無阻。就如同小說家能以寸管隨物賦形的活化事物，神奇的醫術能在人類停止心跳後起死回生。兩千多年前，祕魯人以合金製成的莫奇卡面具，早為舉世聞名的臉譜製造風格，聽說其中有一巨獅頭的臉譜，嘴中紅色的尖牙是由貝類的外殼組成，在每隔幾年聖嬰現象重返時，牠們仍然會日以繼夜的在南太平洋延續生長。

那麼生與死、真與假之間，透過高超藝術的創作，其實早就沒有區別。而要如何用一株已經斷氣橫躺的杉木，雕刻母親的柔軟，顯現族人的生活精神，就越是顯得困難見巧了！ㄜ知道，這將是母親重新復活的開始。

ㄜ決定要開工雕刻母親的假面。

他開始想像母親復活走回的模樣，像是傳說中族人祖先的來源，從山中的一棵大樹誕生一樣。

他從床下的箱篋取出雕刀和鐵鎚，箱底壓著母親的死亡證明書，早已微微的泛黃，ㄜ幾經瀏覽沉思後，心中暗自竊喜，它，應該是一張出生的證明。

回歸山林

讀高中時，ㄜ喜歡書法。他瞭解線條是一切藝術的根源，而不是粗淺的外觀形狀。就如同思想，可以主宰一個人的生命價值。否則，任何的創作將會有不痛不癢不死不活不倫不類的共同症候，在生活中就會淪為不聞不問不知不覺的麻木生活。

輪廓，既已不是這麼重要，ㄜ決定不將母親的相片放在一旁臨摹雕作。他開始想像母親活著的時候，在山林間的林林總總。於是，他開始在心中醞釀山的稜線，茂密成海的波林，野獸奔走穿梭其間；櫻花苞放，像初登舞臺的演者，漸次的抖開裙衫；蟬聲以共鳴腔振動箭弦，一射便是飛奔的溪流；豐年祭時婦女以手刀舞出一隻花豹，還有雙腳狂奔跳躍的黑色山豬，嘴中呼呼叫著獸聲；母親織布的聲音叫醒夜半紡織的螽斯，月亮白晃晃的掛在山凹，母親的神情專注、不語。

ㄜ用他蓄積許久的精力，舉刀大力一敲，他感覺母親從杉木中破繭而出的強大欲望。

母親，真的是越來越近了。臉譜雛型已具，ㄜ不時從工作室進出的驚然一瞥中，看到母親在看著他。

母親的目光就源於杉樹上的兩個黑洞。

ㄜ，親身看過母親紋面的痛苦過程。母親側躺在地上，以一張大白布將全身裹緊，一排排的細針，就像將牙刷的刷毛改裝針刺，放在臉頰上用木槌敲打。再塗上鍋底的炭灰後，母親數夜痛苦難眠。ㄊ如今想起，母親的臉頰就是一張織布，織布機奔喊交錯，細密的織針穿梭出永恆美麗的印記。

他用圓鑽在母親的臉譜上敲打。每敲一回，ㄊ就感覺臉上一陣刺痛，就如同拿著細針扎上自己的臉頰。在土黃帶灰的杉木肌理中刺進麻密的針孔後，ㄊ撒上了鍋底的炭灰。半弧式十字形花紋，一種偉大的胎記，一種光榮的圖騰，就在ㄊ的手中誕生。

ㄊ不自主的有一種渴望。他希望自己的臉頰也有這種標記。每回騎摩托車要戴安全帽的時候，他覺得安全帽上的黑色繫帶好貼實，野狼機車在山林間的奔馳好英勇，心中的風景是澎湃的林海，母親的血液直衝體內。如今的感覺也正是如此，他懷疑，母親臉譜的創作，經由自己的雙手和心思，心手相連的幻覺，早已歷歷的驗證在生活之中。

ㄊ非常高興，母親生在山林、活在山林、一生沒有離開過山林，這次終於可以讓她見見外面寬闊的世面了。事實上ㄊ也心知肚明，這回送母親出去，是要讓別人參觀，並不是她要去參觀別人；一連好幾天，ㄜ走進展覽室，母親的臉譜就陳列在眾多不同的臉譜之間，探照燈照射的光域範圍如同下著濛濛細雨。不管ㄜ以任何的角度看去，他都發現母親沒有絲毫的驚奇、喜悅之情。偶從右邊走來，母親的神情呆滯。忽然從左邊走過，母親垂喪著臉。從正面遇見了她，幾許落寞就寫在她額上的山川。ㄜ感到心急如焚，他恨不得展期就此結束。

那日傍晚，他不等研習班雇車將作品統一運回，他獨自騎著摩拖車載著母親的臉譜回到山上。放在工作室的窗口，在明亮的月光照射下，母親容面煥發，山蟲唧唧，他彷若聽到了母親的笑聲。

ㄜ豁然瞭解，鯨面回歸織布，髮的色調取決濃稠如墨的夜色和白晃晃的月光，母親生在山林活在山林死在山林，她的精神和靈魂，便自然的要回歸山林。當然，這其中也包括她的臉譜、一張用杉木鏤刻的面具。母親，原來就是山海的子民啊！就如同籠中野鳥，對於山林日思夜想的渴望。

那晚，ㄜ發現滿山點點的白花，像是神祕幽谷飄然而來的群群雪鶴，在山林間，美得讓大樹也會停止呼吸。他ㄔㄒ林間小道，猛一抬頭，視線所及的每一株杉木，都浮現族人臉譜。

語錄花

寫大字

（客語漢字）

一、擎筆孵卵

𠊎一直到這滿，正瞭解阿爸係𠊎學寫大字，四十零年來个源頭活水。如同一本字典共樣，分𠊎在文字个世界，認識當多以部首為王个國家，用筆劃數編成个宗族。就恁樣，𠊎認識个天下緊來緊大，自家嗄有一種緊變緊細个感覺。

明明就係耕田人，偏偏愛著寫大字，就像慣勢在熱天打赤膊个人，忽然間你喊佢著西裝，一定汗流脈落，企坐都毋會鬆爽。毋過，阿爸就有這種才調，佢算起來係客家人「晴耕雨讀」个代表。講佢係耕田人也做得，佢會擎勾筆，钁頭砧砧确确，改出一片山林，滿山種桃種李，滿田蒔禾種菜。講佢係讀書人也做得，佢會擎直筆，大字筆唰唰挲挲，改出幾百本个大字簿仔，莊頭莊尾，算起來也異多係佢教出來个學生仔，滿園桃李，屋下壁頂貼淰淰𠊎參加寫字比賽得到个獎狀。

所以，不管係勾筆，乜係直筆，阿爸擎个兩種筆都會結果。

寫大字个世界有幾大咧！阿爸渡𠊎入門，佢分𠊎个第一把鎖匙，就係學拿大字筆。

對摸沒方法个人來講，勾筆摎直筆擎起來共樣食力，正開始學拿筆，筆斜斜，身體歪歪，人摎筆險險共下翻下去。一下毋堵好嗄打孔翹，人搵落泥，墨水潑下來，歸隻面頰卵，膏著變一條花貓公。阿爸緊想緊毋通，仰般寫大字，毋寫紙，嗄寫到自家个面項去，毋學寫大字，嗄打扮去做花貓公。

「這個綻剁頭在泥下搞到桌頂，完全毋知麼个係人正字正个道理！」阿爸罵到火屎燦天。該央時對𠊎來講，毛筆忒輕，钁頭超過重，直筆勾筆共樣難擎。企在田脣驚耕田，坐在桌前驚寫字。這兩件事，阿爸常透喊𠊎愛做選擇。

有該擺打孔翹个經驗後，坐在桌前，人摎筆都變有精神起來！擎筆時摎筆捉到緪緪，手指就像一條條个索仔，摎歸支筆絢起來，就驚筆又跌忒。坐也坐到好勢好勢，就像關帝廟肚个恩主公，目盯盯仔目珠仁大嫲粒，看起來嶄蠻有架勢。問題關公係擎大刀个，用關公擎刀个架勢來拿軟筆寫大字，毋係人毋著，就係東西拿毋著，逐擺練大字後，身體、骨頭滿哪位都痛，擎直筆實在沒比擎勾筆輕鬆。

學拿筆這段時間，阿爸透日摎佢講「指實掌虛」這種頭擺人講个拿筆个方法。意思係擎筆，用手指頭輕輕拿實就好，毋好像拳頭師傅，摎拳頭嫲搭緪緪。擎筆時，巴掌中央愛留一隻位所，做得放一粒小雞卵，正會運筆自如。該央時佢屋下畜有幾隻雞嫲，生卵後雞嫲在該孵卵，阿爸透日喊佢去看，歸十斤个雞嫲砣在雞卵面頂，卵毋會爛忒，照阿爸个講法，係因為雞嫲用心孵卵，毋係出力孵卵，自然就孵出一隻隻个雞子。時間一久佢發現一件事情，佢坐正摎毛筆拿定貼，愛寫大字个時節，歸隻手巴掌背个外形，就像一隻雞嫲，毛筆尖尖就像雞嘴，假使係在手巴掌中央，放一個細細粒个雞卵，寫大字就係雞嫲孵卵啦！

用心毋使出力，佢開始孵出人生一隻隻靚靚个大字出來。阿爸畜个雞嫲，係𠊎寫大字个先生。

擎筆，係𠊎學寫大字个開頭，經過屋下个雞嫲用心孵過个喔！

二、講古搵墨

一隻字係當多筆劃架起來个，就像阿爸搭个菜瓜棚，用一枝一枝竹仔搭起來，假使有一枝竹仔搭毋著位，瓜棚就毋會穩在。

阿爸輒輒用田事來教𠊎寫字。「菜瓜棚就像一隻字。」佢認真對等𠊎講。橫橫直直大大細細長長短短燥燥濕濕个竹仔，搭成一隻又穩又在个菜瓜棚，需要當多經驗。從這點看來，寫字个筆劃決定一隻字个未來。對還吂認識幾隻字个童年，長短、橫直、大細這兜字架个問題，毋係三言兩語隨講就隨曉得，但係筆劃个燥濕，摎毛筆搵墨汁个方法當有關聯，也係寫字前一定愛先學習个地方。

常透寫大字搵墨汁，亂搵一通，有一種筆頭隨時會分墨汁浸死个危險。像一尾鯽魚仔，在黏時會分日頭花曬燥个濫膏糜肚，沒結沒煞搬上搬下。拿起筆來，又摎烏墨水歸團滴落白紙，就像蔭水落菜園，隨性也隨便，阿爸感覺佢實在難教，仰般都講毋會聽。

阿爸盡傷腦筋。一日暗晡，佢講古分佢聽。唐朝開國大將軍李靖，後生時節在山頂打獵為生。有一日臨暗仔，為著追一條細鹿仔，在深山肚尋毋著路下山。夜來當遽，一陣風吹過來，天曚地暗，伸手看毋著手指頭。冬下時臨暗仔山頂當遽轉冷，李靖个心肝哱哱跳，忽然間在山肚看著一間草屋，有一個七老八十个老阿婆，痀腰到像一條弓蕉。李靖開嘴拜託佢，愛借戴一暗晡，老阿婆雖然為難，但係在荒山肚也尋毋到屋仔好分這個後生仔戴，無奈何之下答應，毋過，老阿婆交代李靖，暗晡夜，不管佢聽到麼个聲，都做毋得插事。

三更半夜屋外背鬧熱煎煎，七八輛馬車轆轆轉，原來係天公爺愛喊龍王去行雨，龍王毋知走哪去，老阿婆就喊李靖代龍王去行雨。老阿婆講，馬車一停，請佢用一枝毛筆，搵小盎肚个烏水，滴一滴仔下去。李靖在天頂看下人世間，大旱連年，草蜢作亂，陂塘燥忒，田泥必壢，自家認為一滴仔水仰般做得止渴咧？隨性連續滴下幾滴墨水，一下間烏墨水變成烏雲一蕾蕾，吂知嗄發大水。天頂一滴水，人間一日水，連續大水落幾日，屋仔田地都蔭忒了，死忒當多人。

毛筆多一滴水，就化為洪流惡水，若係斷真恁嚴重，佢就慘死了咧！佢忽然間想起，初學拿筆在桌頂打孔翹該擺，墨汁應該像海水佇天頂瀉下來，該擺毋知害死幾百條人命。就在阿爸講古分佢聽該隻暗晡，歸夜反躁睡毋落覺，迷迷癡癡睡忒了！嗄發夢看到歸群烏刻刻个鬼子鬼嫲，全部係分天頂落个大烏水浸死个啊！佢兜嘴擘擘牙狌狌仔，鬖頭絞髻盡得人驚，追等佢來，緊喊：「係你害死佢个，還——佢——命——來。」

一枝筆害死恁多人命，續下來又連等幾日發共樣个夢，就算假个都會變做正經个。有當長个時間，佢看到墨汁都會著驚。特別係在暗摸胥疏个暗晡頭，滿天都係墨汁。

𠊎常透想，到底係麼儕在天頂磨墨汁呀？

一直到五年生時節，𠊎發現一件事情，出產墨汁最多个天公爺，係仰般磨出墨汁來。客家農莊个做事人，在日頭烈烈个田肚，擎一支钁頭，學時鐘振上振下，日頭摎這兜耕種人，頭那頂个烏色素食落肚屎，在暗晡頭正嘔嘔出來，滿天烏烏个墨汁。

𠊎感覺阿爸个頭那毛白了特別遽，在狹櫛櫛个山路蹶上蹶下，在一壟壟个番薯園，打早拂到斷烏，日頭下山正轉屋食夜，𠊎就感覺佢个頭那毛又白兜仔，吃飽夜還做毋得歇睏，愛教𠊎寫字，頭犁犁拿等墨條，在墨盤肚打圓箍，歸隻頭那就椊在𠊎个面前，在𠊎搵墨汁个同時，𠊎看到阿爸頭那毛个烏色素，一點一點緊流落墨盤肚，墨汁緊來緊烏了！阿爸个頭那毛嗄緊來緊白。

𠊎想，阿爸頭那毛个烏色素，毋單淨日頭會食，還有一半係分𠊎食忒，在寫大字个毛筆上，在逐張𠊎寫過个紙項，𠊎算來也係肚屎肚有墨汁个人啦！

聽過阿爸講个古，寫等阿爸頭那毛裡背个烏色素，佢開始曉得搵毛筆个方法。阿爸比起同年阿叔，還較早就變成一隻白鶴頭咧！有人問佢个頭那毛仰般白恁遽，佢想愛摎該人講，佢阿爸个烏頭那毛，烏疏疏一幅一幅就掛著壁頂啊！

三、童年字

佢有佢个童年，字也有字个童年。

照中國个文字歷史看來，漢字个童年係小篆。寫字像畫圖个甲骨文，就係漢字正降出來个嬰兒時節。

因為阿爸，佢寫字个過程摎一般人沒共樣。該央時同學全部在該學正正个楷書，佢童年時就開始寫漢字个童年字——小篆。小篆个線條彎上彎下，就像蛇哥，雖然行路身體彎來彎去，但係定著毋會摎腰仔拗斷忒。小篆个入筆摎收筆，形態大體沒麼个爭差，摎蛇頭共樣，故所佢從細就認為，小篆个線條，不管係橫也係直，全係一條條个雙頭蛇。

在做紙還吂恁發達个時代，寫宣紙个機會也異難，客家莊該隻年代个細人仔，平常練寫大字最常用个紙，係月曆紙摎報紙，毋過這兩種紙，也毋係恁簡單就做得拿到。所以滿哪仔都係佢練寫大字个紙。弓蕉葉係佢童年寫過最大張个紙，小篆就係會吊晃槓个青竹絲；河壩肚分日頭花曬燥个大石牯，係佢寫過最無平个紙，做大水个時節，小篆就打扮變作一條條个水蛇泅落大海。佢看起來，水蛇、青竹絲兩種蛇都係短命蛇，一陣大水激啊來，字就分水洗到淨俐淨俐。

正經个長命蛇，係囥在屋外背天墀坪个泥蛇，最低个壁腳下，假使佢寫忒高，會分大人看到亂塗壁，毋得佢直，該就寫在摎地泥下最接近，用紅毛泥抹過个壁頂，就有蟻公、老鼠摎阿姆曬个菜脯看得到。因為做賊心虛，該一條條个泥蛇，在佢个目珠裡背，特別大條。

翹尾鵝、馬背囊个客家老式建築，在這時代緊老緊值錢，變成歷史建築，老屋該兜泥蛇，也趨過長長个歷史。等偃个歲數將會蹶上半百以後，轉過頭來看這兜泥蛇，既經變成蛇精了！雖然字跡退色，但係還看得出來。對當年沒忒多想法个童年，寫出來个線條，有一種純真个童心，仰般看就仰般歡喜，就像看到正會行路个細人仔，沒當穩在，但係心肝肚總係想愛行，快樂就係恁簡單。

偃想，這也可能係阿爸在偃个童年時節，愛偃摎別儕沒共樣。故所，共班同學當佇該學入筆切筆、變輕變重、規矩規矩个歐陽詢書體時節，偃有機會寫漢字个童年字。用童年心寫童年字，這係難得个快樂。

偃緊來緊大後，嗄接受忒多書法个教育，規矩越多，嗄綯手綯腳，顛倒嗄寫毋出童年時代純真又帶兜稚氣个線條。舊年入年駕之前，偃摎阿爸掃拚屋，在棚頂清出阿爸囥歸十年个木箱，裡背麼个傢啦伙都有，其中有幾張用月曆紙寫个毛筆字，畫一隻人公頭，頭那三角型，膚身大嫲嫲，手腳短短當好笑。

唉哦！這麼儕寫个？偓翻轉頭來問阿爸。

你畫个鯉嫲啊！佢笑微微應偓。

這張圖，已經超出偓个記憶範圍。偓認為，應該係在偓學拿毛筆以前亂亂畫个，阿爸偷偷摎佢留下來。偓緊看緊想毋透，仰般偓看係人公頭，阿爸嗄講偓畫个係鯉嫲，偓再過認真看一擺，還正經有一點像鯉嫲咧！頭細、身大、翼短、尾兩叉。

比童年還下早个幼年時期，做事个方法，有當多沒辦法用常理去了解。明明看到係在地泥項行个人物，看下詳細兜，嗄變成在水肚泅个魚仔，偓想起當年許慎个《說文解字》，用象形、會意來解說漢字个祕密。看起來偓寫童年字小篆之前，無師自通寫出甲骨文來，阿爸係《說文解字》个許慎，佢認為偓寫个係一尾大鯉嫲。

從甲骨文到小篆，在嬰兒仔到童年。偓寫字个歷程，先後順序摎漢字个演變完全相同。這個發現，完全係阿爸囥東西个功勞，摎偓寫个毋成東西當作墨寶。該仰般阿爸毋識講過該泥蛇咧！

該天墀坪還有幾十條泥蛇啊！阿爸定定仔講。

原來阿爸除了囥等偓嬰兒仔个記憶，佢也收藏偓个童年。

阿爸个心湖腦海，也係一座博物館。

4、字會講話

阿公過身，做齋仔个時節，輓聯係阿爸親筆寫个，一對隸書，一對楷書，佢在阿公个靈前，緊寫緊噭。

在偓學寫大字个過程中，認為這兩種書體，分人有一種莊重个感覺。經過了商代嬰兒仔个甲骨文，秦朝童年个小篆，漢隸、魏碑就係受過風霜个青壯年，有食過苦，出過世面个。石頭刻个漢隸魏碑，在時間長河个洗禮之下，毋堪水來激、日頭烈烈曬、天公捩捩轉風車，幾千年以後，線條崩个崩、缺个缺，當難還原轉到最初刻好時節个樣式，這就係阿爸常透講个「碑味」。在碑帖前，佢常透感覺，自家聽得到戰亂个故事，鼻得到滄桑个味緒。比論講魏碑中个〈龍門造像記〉、〈鄭文公碑〉，漢隸之中个〈乙瑛碑〉、〈史晨碑〉，愛認真寫過，正知佢个味。

阿爸寫隸書、魏碑時，行筆當慢，因為佢想愛用墨水停留在紙頂个時間，微微蔭出這兩種字體，經過年歲、戰爭洗禮个墨韻。也因為慢，一筆一劃，看阿爸寫个字，看得出佢个認真。

有人講，筆為心聲，阿公出山前一暗晡，阿爸用佢个心情，認真又恭敬摎阿公講心肝肚个毋盼得，就用該兩對輓聯。第二日掛在告別式場，佢發現墨汁在白布頂，蔭著當嚴重，看得出阿爸寫隸書个時節，蠶頭个筆劃，重重磕下去，雁尾个筆劃利利，一刀一刀割落心。該目汁摎墨汁，撈撈攪攪出个心情，係該晡日烏沉沉个天時。出山个時節，水毛匀匀落到濛線濛線。

還一對輓聯，係用魏碑个寫法，以方筆个技法入筆，厚實有力，做得看出阿爸在阿公死忒以後，堅強孩起家擔个力道。

從該隻時節開始，偓瞭解一件事情，偲俚寫个字，本身就有講話个能力。逐擺偓接到朋友用手寫个信仔，偓就做得看出寫信个人，寫信當時个心情。若係一筆一劃寫到正正，該就係佢認真專心對偓講話；若係潦草亂撇，筆路當遽，該根本就有要沒緊，儘採交代。有一擺偓接到一封信仔，單淨從信袋个字跡看來，落筆重奎奎，收筆亂糟糟，寫毋著个字用力塗忒，偓知寫信个人當時一定到該發閼，心肝肚有一種不祥个感覺，打開信仔以後，斷真信肚寫淰淰對偓个不滿。該暗晡，偓摎信仔又看加幾遍，耳公嗄痛起來，該種感覺，就像有人在偓个面前，罵到大嫲聲，想愛黏時拿衛生紙摎耳公塞起來。

兩岸三通以後，偓在上海一間書店，看到中國留存下來，最早个一封信。

大約一百年前，瑞典个冒險家——海丁，在新疆天山之南个沙漠中，發現埋在沙石肚个古樓蘭遺蹟，挖出百零片漢朝个斷簡，大部分係一兜文人寫个信。其中有一張竹簡信，係一個多情个羌女，寫信分佢親阿叔。意思係講：

自從你走忒以後，𠊎逐日面向西邊緊看，為了做毋得再過見面十分傷心，𠊎有當多話愛摎你講，毋知信仔做得送到你个手項沒？

馬羌

在𠊎看到這封信个時節，忽然間聽到這個多情个女子个聲音。在幾千年之後，𠊎還做得在上海，聽到馬羌小姐个聲啊！這係書寫發出講話个力量啊！穿透雲層，穿透大山，穿透年代，傳到𠊎个耳公脣，𠊎聽到馬羌小姐寫个字會講話。

𠊎想，阿爸寫个輓聯，出山之後，在禾埕放火燒，隨等煙沖到天頂，阿公佇天頂收到，該兩副對聯會代阿爸，逐日摎阿公講話，阿公佇天頂一定毋會孤栖栖！

五、寫真心話

既然字會講話，該仰般正做得分字講出真心話咧？

做宣紙个主要材料係楮皮，在做紙个過程中，楮皮一定愛經過浸水、燒煮、漂白、打漿等等千錘萬杵个九九八十一難，正有一張明心見性、白白个紙。

學生時節，時常為著一擺比賽，寫作品个時節，紙一張一張換，毋知自家換紙這個動作，除了打爽之外，其實在偓抽出一張紙个同時，也抽痛一片山林。

假使第一次寫个作品，係第一次講个話，該經過一改再改，一換再換个作品，敢還係自家原來最初个真心話啊？客家人敬紙如神，惜字像寶，從細阿爸就有交代，用過个字紙，做毋得亂擲忒，一定愛收揪揪，拿到敬字亭燒。這下想起來，為著比賽，字紙簍肚常透塞淰淰沒滿意个作品，最後完成个作品，摎最初寫个該張作品，嗄完全沒共樣。偓輒輒想一件事情，為著比賽，沒定著已經用一枝毛筆，改忒自家个本性摎初衷。

做兵時節，阿爸寄信分偓。信仔貼上郵票後，隨船寄到外島，偓逐日臨暗仔，看到大船接近外島時，就像阿爸坐佇船頂，該暗晡偓又做得聽到阿爸講話結結舌舌个聲。結果係正經个，阿爸寫信仔，慣用行書，對自家个俫仔講話，佢寫信仔表現出來个方式，摎佢講話个樣仔，像著沒跌忒。寫毋好寫毋著个字，佢一定毋換紙，正正用二條線劃忒。偓看信仔時，摎佢劃忒个字也連帶讀下去，該正經像聽到阿爸，結結舌舌講个話。

田事歸年都沒閒，沒日沒夜个生活，落食就像擔頭恁重砙等阿爸个肩頭。六月天公割禾孩穀擔，暗晡頭歸膚身都㾘，食夜後又愛寫信仔分偓，可能做㾘了！精神沒當好，寫个字歪過來歪過去，有可能緊寫緊啄目睡。偓愛退伍前半年，已經算老鳥了！歸日閒亍亍，看阿爸寫个信仔該暗晡，肩頭嗄酸痛起來，朝晨頭跕床，手骨好點點生出幾粒水泡，偓在兩百里遠，感覺著阿爸个辛苦。偓想阿爸寫个毛筆信，有可能係𠊎兩子爺，心電相通个導電體。

假使阿爸寫字个時節，用紙一張換過一張，背尾寄个信仔，定著毋係當忲時節寫著歪歪該張，沒定著佢試著寫毋好，就等睡飽飽正寫過，假使係恁樣，𠊎就感覺毋出阿爸个辛苦，𠊎在外島也聽毋著，阿爸結結舌舌个講話啊！

𠊎還識在冬下時節，在信紙鼻到阿爸曬菜脯个味道；風微微个三月春天，𠊎在信紙聽到故鄉，屋簷鳥唧唧啾啾。該一張一張用毛筆寫个信紙，係故鄉个一張張地圖，在𠊎兩年做兵个生活中，暗晡時放到枕頭下，發夢个時節，眠床搖來搖去變大船，隨時就做得轉𠊎到屋下。

晉代永和九年，王羲之摎朋友食酒食著面紅濟炸，就在會稽山陰，擎大字筆醉摸摸仔，寫了長達二十八行、三百二十四隻字个〈蘭亭序〉，文中有幾隻字寫毋著，但係對〈蘭亭敘〉這篇藝術作品毋會減分，後世大家公認係天下第一行書。佢第二日䟘床以後，想愛重頭寫過，嗄仰般都寫毋出該種感覺。

受到阿爸寫字就係生活个影響，𠊎對天下第三行書，蘇東坡个〈寒食帖〉

愛到入骨。宋神宗元豐五年，蘇東坡流放黃州，自認為「魂驚湯火命如雞」，佢早就看破生死，在這個時節佢寫出〈寒食帖〉：

空庖煮寒菜，破灶燒濕葦，那知是寒食，但感烏銜紙，君門深九重，墳墓在萬里，也擬哭途窮，死灰吹不起。

經過人世間个災厄，還有麼个東西，做得牽腸掛肚啊？分醉鬼罵，撈捕魚撿樵个人共下生活，頭擺名滿天下个蘇軾，嗄沒人識佢。人生行到這步田地，所有對「靚」个堅持，已經沒該個需要了！佢就用字表現最純真、最原味个自家。

初看〈寒食帖〉，看毋出一代書法家流利、老練个線條。人到生死都看破个時節，也毋使挑挑作態作假，就算寫毋著其中幾隻字，蘇東坡也係在旁脣點三個烏點，佢沒換紙寫過。𠊎逐擺看〈寒食帖〉，毋會認為蘇東坡寫毋著，就感覺佢沒寫好，顛倒來講，𠊎看到中國一个偉大書法家个本性，聽到蘇東坡流放時講个真心話。

成下仔有朋友喊𠊎寫字送佢，寫毋著个字𠊎也毋換紙，學蘇東坡在該隻字旁脣點三點，朋友話著𠊎沒誠意。𠊎摎佢講，該係𠊎純真个本性，係𠊎个真心，用錢都買毋著喔！

6、老鼠个願望

阿爸老了！寫字手會緊顫，線條就像鋸仔，你若係用眸鏡看个時節，該線條就像連等个山。

後生時个阿爸，在客家莊，有田也有山，佢在山頂種桃種李，隔年就會摎部分老樹梗用鋸仔鋸斷，分佢暴出新芽，這係增加收成个一種方法。逐朝晨，阿爸也會拿禾鐮刀，割豬菜分豬食。鋸仔一齧一齧，山一高一低；禾鐮刀也一齧一齧，番薯甕也一弓一缺。

八十一歲該年，阿爸在樹頂鋸樹仔跌下來，骨科先生在佢个大腳髀裝一支鋼釘，從該時節開始，阿爸就沒做田事了！钁頭該支勾筆擎毋贏，這下就擎得贏直筆定了！寫大字變成係佢打發時間最好个消遣。就在這段時間，𠊎發現阿爸寫字个風格，變化當大。𠊎研究其中个原因，除了係佢个手骨沒恁聽話以外，還有一種可能就係筆个問題。

一溜仔來，阿爸習慣用狼毛筆，狼毛當有彈性，用狼毛寫大字，有狼雄猛个氣勢。當時有人推薦鼠鬚筆分阿爸寫，阿爸仰般講都毋肯試，因為佢摎老鼠早就結下冤仇。

阿爸盡看毋起鼠輩，用牙齒來思考，咬布袋偷食穀；用鬍鬚來探路，唧唧唧唧，在田事當緪个暗晡吵人睡目，囥頭囥尾偷偷搣衰這兜耕田人。恁博人惱个老鼠，阿爸仰般講都毋肯用佢个毛來寫大字。

為著對付囥在泥空肚个一條大老鼠，阿爸捉到以後，用紅索絇等老鼠个一隻腳，拉出來以後，用廳下作判堂，判佢幾十條罪，準備愛分佢受二十下竹棍个大刑，哪知在阿爸準備刑具時，一矚目間，老鼠走到無影無跡，連紅索都共下分佢拉走。

兩個月之後，阿爸在菜園肚看到佢，拖等个紅索變短了！還盡遽板，雖然阿爸追到氣呼呼仔，還係尾都抓毋著佢。正經得人驚个，兩個月又過忒咧！該條老鼠在山頂一叢桃樹下，分阿爸个老鼠夾夾到，阿爸看到佢个時節還吂斷氣，老鼠个尾還到該掣呀掣，像係搵等烏烏如墨水个夜色，在該寫大字，該敢係大老鼠愛死之前，想愛寫遺書呀！

阿爸忽然間認為老鼠个一生，其實也衰過，分人絇起來，又分人嘍到老鼠夾受難。從該暗晡開始，阿爸摎老鼠夾擲忒，如同放下兵器，向仇人認輸，這生人佢摎老鼠个戰爭結束了！阿爸正肯試用鼠鬚筆，吂知緊寫緊順勢。在佢腳骨跌斷忒後，身體下差咧，拿等鼠鬚筆緊顫緊寫，佢忽然間想起，該條絇等紅索个老鼠，臨死个時節，尾像毛筆掣也掣。在阿爸沒做農事之後，佢在該做大老鼠亻完成个願望，𠊎在該做阿爸亻完成个農事。

七、兩个先生

舊年，𠊎正想在鄉下招生，教小學生寫大字，因為阿爸留下个好名聲，成半年後也有十過个學生仔！這下个細人仔，用電腦寫字，拿起毛筆儘採塗，墨汁倒到滿哪位都係，教書實在也毋係恁胲食个頭路。

𠊎一擺火當著佇毋著，大聲罵學生仔：你這兜綻剁頭，字有講話个能力。恁毋認真，寫个大字帶轉去，會摎若姆投，講你寫字毋認真。

還盡好拐，學生仔一下間就恬肅肅。𠊎翻頭掩等嘴笑，看到阿爸在門外，捉等一隻雞嫲，𠊎在共個時間，看到教𠊎寫大字个兩個先生。

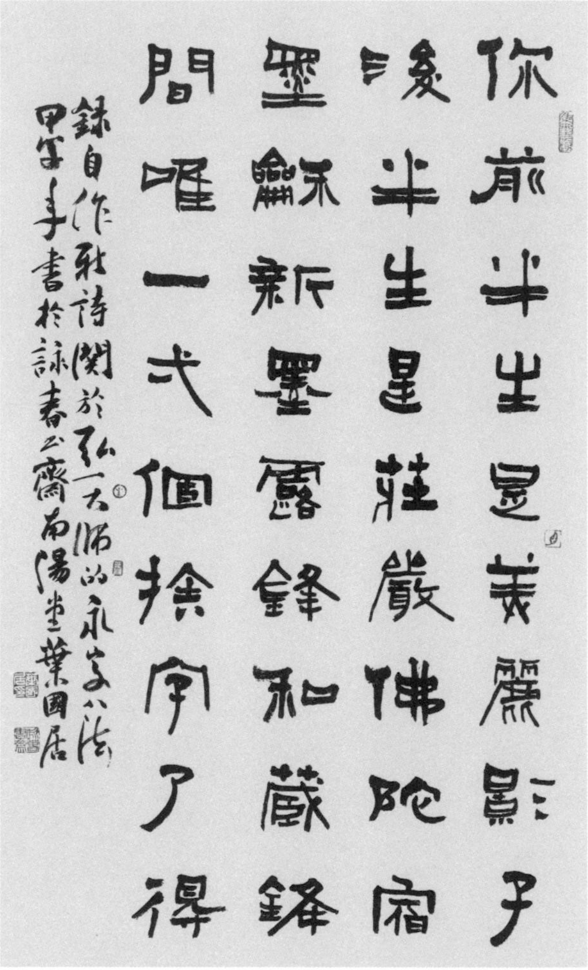
你前半生是美麗影子後半生是莊嚴佛陀宿墨和新墨露鋒和藏鋒間唯一一個捨字了得
錄自作新詩關於弘一大師的永字八法
甲午年書於詠春書齋南陽堂葉國居

你前半生是美麗影子，後半生是莊嚴佛陀，宿墨和新墨，露鋒和藏鋒間，唯一一個捨字了得。錄自作新詩〈關於弘一大師的永字八法〉甲午年書於詠春書齋南陽堂葉國居

賣病

（客語漢字）

病做得賣沒？假使做得，佢愛尋買主。

阿婆在醫院身體當弱，佢交代阿爸去賣病。阿爸請佢準備一張紅紙，一枝毛筆，愛佢黏時送到醫院去。紙摎筆，阿爸敢係要煮字做藥仔？如同畫符燒灰泡滾水醫病，也係像寫賣屋个廣告共樣，想愛尋買主。

一路裡來，阿婆從來毋識看先生。肚屎一痛，佢就會去摘娘花心嚼綿落肚，就像一條牛食草；堵著刀傷血光，馬上走去田脣摘雷公莖葉，放落嘴肚嚼綿綿後膏到傷口，止血當有效。六月日頭烈烈，一下熱著，一支扁梳，一碗清水，遽板个手工刑法，在自家背囊刮出兩路紅跡。冷著時節，燒湯落肚，燒水抹身。為著省錢，佢從來毋看先生，不管仰般，佢一切安然。

毋過，阿婆這關難過了！歲數大，肺癌，身體無像頭擺，這病也超過佢自療个能力，無奈何分阿爸送到醫院去。佢拿了一張五公分大个紅紙，送到醫院後，阿爸跍等寫「出賣兩皮葉」五隻字在紅紙頂，愛佢摎這張紙，貼在醫院个壁壢角。對這種沒常識个做法，我仰般都想毋透。噭抑笑，不知愛選那樣好。

「該係老頭擺客家莊个風俗啊！」阿爸看倨發啄呆，摎倨講：「民國三十初年，生活艱苦，發病仔沒錢看先生，就會賣病。目珠紅紅腫腫就出賣火種，一旦冷著發燒就出賣重傷風，皮膚發風丹（過敏性風濕疹子）就出賣風丹。」照阿爸个講法，賣病係有儀式个，也有愛賣个對象，阿爸講佢有一擺目珠發針眼，阿婆請人用毛筆寫「出賣火種」个字樣在紅紙頂，佢行到十公里外个燒磚場，貼在磚窯項，因為磚窯需要烈火燒磚。總講，病毋會賣分人來食。

可能係惜花連盆！阿婆个「醫術」在倨个身體也留影留跡。該像魚販仔刮魚鱗樣个刮痧手法，力道早就透到倨心肝肚。十歲該年，倨發豬頭皮，面頰卵腫著像豬公，阿婆愛阿爸在倨面頰卵最紅腫个位所，畫一隻圓圈仔，中央寫一隻「虎」字。一講豬驚虎，一講虎食豬。該年，阿婆成功摎倨个豬頭皮，賣分老虎大食一餐！

對阿婆个病，阿爸當毋盼得。嗽無停，痰多，每一聲都像放紙炮仔，每一口痰都可能摎阿婆嘔出家門。在無結煞个時節，阿爸決定用阿婆最相信个方法，賣病。X光片肚阿婆个兩片肺，如在殘風中飄搖个敗葉，該係阿婆痛苦个源頭，賣兩皮葉仔，係佢摎阿婆參詳後个決定。

佢想通了！摎阿爸講，該就貼在菜園肚。菜蟲食菜葉，就將該兩皮葉仔賣分菜蟲！冬下頭，歸園个大菜，阿婆戴院个時節，菜蟲圍揪揪偷食。佢摎阿爸手寫个紅紙條，貼在一頭菜葉頂。第二日天光，去菜園後發現紅紙毋見忒咧，滿哪位尋毋著。去醫院看阿婆，阿爸摎佢講，阿婆昨晚哺無病無痛，一夜好睡。

討地（客語漢字）

身心安處為吾土，豈限長安與洛陽。

——白居易詩句

𠊎屋下九樓个販仔屋有一細坵田，毋過毋係空中花園。

「𠊎愛轉去！」阿爸坐到廳下用大聲胲講。𠊎愛轉去？毋就在屋下哩！還愛轉奈位去？

厥个口氣有兜仔驚驚仔，開嘴前嘴角蠕蠕動，像嬰兒大噭前咕咕滾个樣仔。佢一日會講幾下擺，愛轉屋下幾下擺，𠊎慣勢了，佢愛轉屋，𠊎總係驚驚仔偷看佢。企起來、落間肚去。

間項直直通到陽臺，天頂高高在上，屋簷鳥飛毋上來。阿爸摎間門關到緪緪像愛防麼个。係睡目無？踏上踏下，抑係坐睡毋得毋知仰般正好，𠊎會耳劇劇仔在間門項，希望做得了解耕田个阿爸，敢會習慣鬧熱煎煎个都市生活，摎阿爸隔等間門睛來睛去。故所，阿爸到底係打早睡打早䟘，抑係夜睡晝䟘。半年來俚神經弓到緪緪偷偷仔看佢，乜係萬般無奈。就像佢真實戴到厥个屋下，俚，戴到俚个屋下，三十坪个屋仔，屋項有屋，就像係「益智遊戲」个盒中盒，裝等無共樣个天地。

較早以前，俚屋面前有條大河壩，阿爸在河壩田脣項起屋，過等無日無夜耕田人个生活。河壩脣兩片係歸百年以來豐沛个大水，沖出來个肥水田，無權狀地契，田坵雜亂，但係地界分明。這兜土地全部係河壩神賞个，佢做得分你，乜隨時做得拿轉去，毋過宗親正沒恁樣想。佢兜想愛還較多，做得在熱天時節，多種兩頭瓜仔秧，該藤仔親像蝻螺仔恬恬仔爬，接近水流；藤仔鬚就像蝻螺仔个兩支天線，輒常試探河壩會變瘦个底限。五〇年代，俚兜个土地毋係使錢買來个，係阿爸賭儌來个。大賭而且逐擺都係用性命去賭。

天時非常壞，旺盛个西南風吹起來，阿爸在烏陰暗天个大水項失去靈魂，佢正手扼等大鐵鎚，左手扐等幾下支一頭削尖个樹梗，手髀个筋頭浮浮，腳目伶俐，幾杯仔米酒落肚了後，旋風變到風雨英雄，目盯盯仔無輸瞨等獵物就愛發動个野狼。心肝肚偷偷仔按算，只要河壩水高峰一過，佢就愛去地頭插旗仔圍地。

逐場大雨都係是一場賭局，偃岸个田地就會重新洗牌，這時節，麼儕先在水項插樹梗圍地，就係厥个園地。宗親為著生活在山頂到山下，像一條流浪个動物用屙尿表示地盤。來到喊盆大雨个河壩前，水聲滂滂響，阿爸先摎一支較大支个樹梗釘核到河壩脣，一頭用索仔躡緪，另外一頭繫到腰骨項，正手擎鎚仔，左手擎樹梗，定定仔用踏馬步个姿勢跍在來，慢慢仔徙動正腳，正停動左腳，打橫行就像毛蟹過河壩，大水激起來个浪頭像分人搶食著驚个飛魚撞上撞下，阿爸抽賅另命喊大大聲壯膽，一步一步行到河壩肚項去。偃輒輒在河壩脣搚等拳頭嫲，盡命牯喊：

毋好再過去咧！

佢像有聽著，又像無聽著，阿爸有兜仔企毋核搖來搖去，毋過還係試試仔向頭前行等去，實在無辦法再過行了，正停下來釘樹梗，偃在河壩脣看到心寒膽顫，聽匡匡滾个鐵鎚聲摎隆隆滾个水聲交摎等。等阿爸完事拉索仔轉來河壩脣，佢會先坐下來，胸脯肉還緊掣，歸面仔个屙糟水、鼻流鼻串，就像打拳頭比賽中央歇睏時節有息仔狼狽。續下來又愛釘一支樹梗，我个神經又弓到絚絚，目盯盯仔看等阿爸驚怕佢離開我个視線。汶汶个大水既經強強會蔭著阿爸，就像會看毋到佢哩，我開始發痴驚在河壩脣緊跳緊噭，盡命牯撳等河壩脣該支樹梗：

毋好再過去咧！

失魂落魄个阿爸像有聽到咧，又連連續續來來去去幾下擺後，正算完工，過後坐佇河壩脣，我略略仔低頭看佢，佢慢慢仔臥頭看我，我看阿爸該討地个面容，幾分精神中出現宗親離鄉背井絡食个辛酸。樹梗圍到个該坵土地，係水退了後我屋下个新田。

當時歇个屋下上庄仔，出了一个傳奇人物——歐溜寇。頭細圓身大，比例無成人形，聽講佢出世以後，厥姆話著係麼个壞東西！黏時就用爛布仔包等圓身，天曚光仔時，偷偷仔，緊拚拚仔走過田項，擲到河壩脣。歐溜寇恬索索仔睡忒，水流嘎嘎，阿姆囓囓舂舂轉屋，續言知賭好正到門背，歐溜寇既經在屋肚噭到哇哇滾。這件事情敢係人畫虎𧾷彌𡎓雞胲，偓乜毋知，毋過也係偓兜細人時節共下打嘴鼓仔个話屎仔。偓看過佢，該時歐溜寇既經三十零歲，就像阿不倒底盤大又穩當，慣勢著一身大大領茄仔色个長衫，頭那毛長槓槓仔撥到肩頭項當打眼，宗親全部喊佢「土鬼」。

聽講土鬼係水神送轉來个。水毋係送土地，就係帶土地，歐溜寇就係水神送个土地。偓感覺佢較像頭瘦圓身大箍个海狗，當知水性，長透在大家目金金仔看等該下，表演大水濤天時過河壩，圍觀个人逐擺看佢既經分惡水蔭忒去了，緊講佢死無命了，幾日仔後佢又出現在莊頭項，大食會扭腰仔个武昌魚，講係過水時節捉著个。佢撩阿爸歲數差毋多，阿爸插樹梗前會喊佢來屋下啉兩杯仔，佢會口涎波潑个講到一大堆，預言阿爸會討轉當多土地，斷真盡準，阿爸擺擺就安然無事，飼飽歸家人。

無幾久好光景，土鬼在𠊎讀國中一年生時節，有一擺斷真分河壩水沖走咧。土鬼一走，土地乜分佢帶走，河壩續在佢死忒後第二隻熱天，水頭轉向哩。

逐條河壩都係隔開兩个世界，河壩神係統領，慣勢濫情，佢个手髀跔入來伸出去之間，毋識公平，阿爸係盡少數个宗親，錯亂荒唐同時生活在兩個世界。

六〇年初，𠊎兜河壩東片个田園就像戰敗割地，大水鯨吞蠶食，田園漸漸沒忒，變到闊闊个河壩水，𠊎當想聽著土鬼死忒又反生个消息。十年河東十年河西，此消彼長，河背个地主係平地客家籍个羅漢腳莊阿財，係一個有錢粗俗个坐家虎，一張豺嘴喝鬼罵神，看輕阿爸个落魄，又對𠊎姆細心細意奉承，有所圖謀。

河東失泥了，無泥毋成地。坐家虎嗄時來運轉錦上添花，穩水田之外新田緊增加，莊阿財趁勢提出用鋪娘換地个提議，要求𠊎姆跈佢，河背个河壩田就送分阿爸耕種。別儕討餔娘，阿爸討地，這係一個屙膿刮血个現代版悲情，該年佢嘴脣角堵堵正生鬚菇，講大毋大，講細毋細，在知人我摎毋知人我之間半尷不尬，佢摎全部个希望寄託在土鬼反生，落尾乜無魂無影。阿姆為著肚屎頷頭，在東岸離婚，在西岸結婚，阿爸對東田耕種到西田。

該日佢緊噭，佢看等阿姆過河壩，佢看著阿爸過河壩，去另外一個世界。

佢看等阿姆過河壩，佢看著阿爸過河壩，去無共樣个世界。

忍等外人个花舌閒話，還愛搦到無事情樣仔，該係阿爸。四十年來，若係別儕問起阿姆，佢嘴項講到無要無緊，毋過心肝肚就像田螺趂過水田，淡淡个尾溜過溝仔跡，有一種漫漫个孤栖憂傷，拖拖無滅。

這恁多年，極端氣候動啊著就土石成流，河壩田滿坪个卵石仔預言耕種个坎坷，大水不管係在東爿也係西爿，全部割石挖地，兩片河壩田共下無忒去。續等政府規劃開路，經過舊屋，阿爸在無權狀个情況下，無拿著半點補償金分命令強逼徙走。這天地間具象之河摎生命中抽象長河，交會出來个狂風暴浪一發難收，讓阿爸落忒一身肉，毋過佢還係堅持愛在竹東鎮稅屋戴。偓知佢無愛離開該埕地，就像大樹雖然斬忒了，根還係當在留在該，若係滄海桑田，該埕浮沉若夢个土地，係人生不能徙位个座標。一直到今年因為破病了，佢正在半推半就情形下來城市戴。

種籽懷抱著暴筍个夢，阿爸耕種个想望毋識斷忒。佢在莊下包來幾下樣菜籽，一半種到老甕仔，一半種到木箱仔，放到曬衫棚个陽臺頂，秋冬交錯雨落無停，濕氣盡重。一日半夜有一聲響，兩子爺尋聲探究，眼盯盯仔看著木箱仔脹破肚腸，散做幾下埕，看著豆仔暴筍瀉出箱外，偓摎阿爸相看仔恬恬無講話。水點順等壁面流入醃缸，幾日仔後發夢發著豆芽尖尖利利刺過來，發下痴驚坐啊起來遽遽行去陽臺，擐起醃缸蓋，一股力量在下背撐上來，著下驚發覺豆芽膨脹，醃缸裂出幾下條痕。阿爸企到下夜个灶下恬肅肅，比較偓个驚驚險險，佢个恬靜自在，就像所有个事情都在佢个預料中。偓感覺對某一種程度來講，阿爸个心應該有一片土地，該係詞彙肚个「心地」摎「心田」，這樣該樣个菜籽，在這般該般个情況下，阻擋毋核佢抽筍必目生芽。

心如土，人个性就像水，放在圓个地方就會圓，放在方个地方就會方，這係老古人个金言。阿爸一生人受盡了得著失忒个辛酸，討地摎失地之間，正係掛心有無个開始。落雨毛个暗夜，佢關電火，開電火，便所來來去去；喊盆大雨个暗夜，佢房間直通陽臺个鋁門，磬磬鏘鏘，關關開開。佢，敢係關心雨勢？該愁慮个水將將會挖空佢心肝頭个心土。為著滿足佢日思夜夢耕種个欲望，𠊎去魚仔市場摎魚販仔討了幾隻「保麗龍」个箱仔，分阿爸在房間外个窗臺項種較毋多使日頭曬个菜，在花市買轉來个培養土，容易種也容易流失。阿爸開始摎𠊎討泥，額頭項有一種天真毋知老个風神樣，呈現四十零年前該隻討地个面。

𠊎兜屋下變到當祕密，半年來阿爸恬恬仔行出行入，間門鎖核核，逐擺轉來黃色夾克个衫袋仔總係脛脛。佢在屋下个大部分時間總係囥到間房項。日時頭，到底在裡背做麼个？若係阿爸賴睡，間肚應該會聽著佢鼾聲；若係佢著間肚跺上跺下，偓耳劇劇在間門背時，多少乜會聽著佢輕輕个腳步聲。無奈，偓抓無半息，換來个係阿爸越來越提防，在佢開門个半下仔，佢會眼睚睚仔對偓眂啊過來，偓个目珠會睞啊過去厥間房。實在異無堵好，幾下擺偓就企到厥个間門背。開門，有一息仔無爽快，眼閈閈仔。

朝晨日頭㷳㷳，過晝雨毛仔斜斜落下來。臨時愛去台北出差，偓決定先振轉屋下拿遮仔正出門，車仔在文心路項偎近屋下个路口嗄分青紅燈擋下來，偓在一百公尺以外，看著阿爸企到厥間房外背个陽臺，迎向車潮搖頭頷腦。青燈了，車潮就像發大水向前流去，偓不管後背等到佇毋著个車仔盡屌个喇叭聲，挑試放慢車速，向阿爸个方向接近，凝神看阿爸到底在該做麼个？佢，在陽臺項用無麼个在个細步仔打側行。在姿勢看來，應該係先徙左腳正徙正腳。

該動作還熟絡啊！偓試著識看過，過振一擺。偓摎阿爸同時停格在原來个光景，偓慢慢仔臥頭看佢，阿爸略略仔犁頭，青燈了，車潮就像水流，阿爸又面向屋仔打側行就像毛蟹。偓像感覺著歸隻城市，濕落落仔个空氣既經做大水，阿爸浮上浮下盡命牯釘樹梗，偓心肝哱哱跳緊跳緊遽，強強，像會赴毋掣樣煞煞大聲喊：

「毋好行過去了！」開嘴大噦。青驚著左手爿一臺車个司機，搖下窗門來。

偓摎車仔停到路脣，想著四十年前軟怠怠仔坐在河壩脣个阿爸，呆呆仔坐當久。阿爸毋知哪時毋見忒了，偓回神摎車駛入去地下室，坐電梯上樓頂，在一樓堵著阿爸，佢摜等一袋有滴仔濕个泥，兩儕相對看無講半句話，黏時頭犁犁。台中台北來回途中偓一路心焦焦，行落屋去，阿爸燒水堵好愛煠粄圓。偓趕阿爸無注意个時節趦入去厥間肚，看著陽臺鋪等黃泥，委一層糯米種。一坵田，錯亂合等荒謬。一坵細細个田，敢係阿爸安身个故土家園？偓𢯭等嘴角項有息仔烏中帶白个鬚菇，四十年過了，發現自家還係在知也毋知之間半尷不尬。

阿爸專心煮食，偓行出間房坐在廳下胖凳頂，鼻公流等鼻。偓想著了：河壩田。過河壩个新娘。滴里嘟嚕个歐溜寇。醃缸裂忒个聲。偓聽匡匡滾釘樹梗个聲，敲到偓靈魂深處筋脈神經，傳來沉沉个抽動撘哱哱跳个心肝。

鏘！灶下鑊蓋跌落地泥。「粄圓煮熟吂？」偓問。

偓感覺自家个目珠框燒燒，燒燒燒仔兩粒煮毋熟个粄圓。

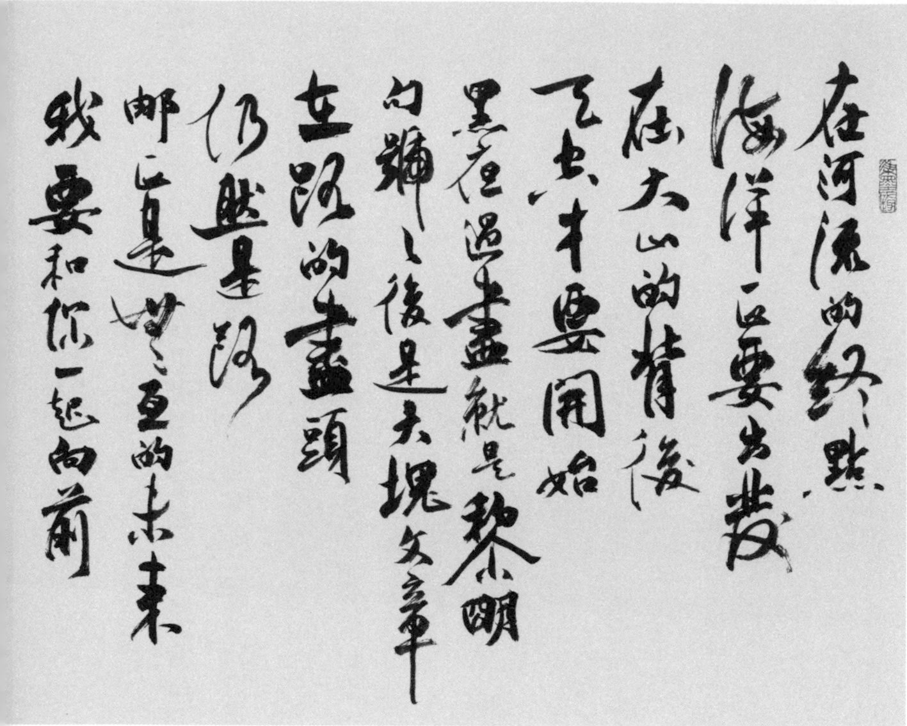

在河流的終點，
海洋正要出發，
在大山的背後，
天空才要開始。
黑夜過盡就是黎明，
句號之後是大塊文章，
在路的盡頭，
仍然是路。
那正是無亙的未來，
我要和你一起向前。

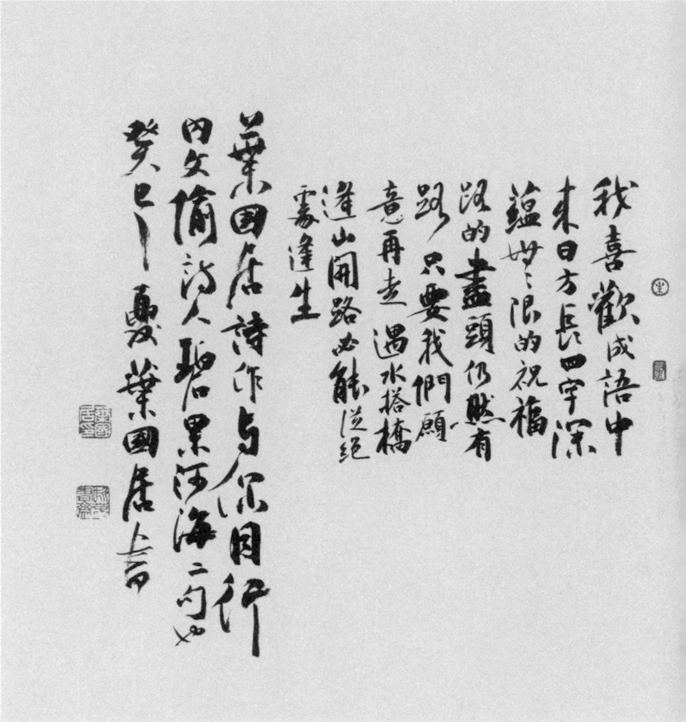

我喜歡成語中
「來日方長」四字，
深蘊無限的祝福。
路的盡頭仍然有路，
只要我們願意再走，
遇水搭橋，
逢山開路，
必能從絕處逢生。
葉國居詩作〈與你同行〉
內文偷詩人碧果〈河海〉二句也
癸巳之夏葉國居書

聯合文叢 579

髻鬃花

作　　者／葉國居
發 行 人／張寶琴

總 編 輯／李進文
責任編輯／張召儀
資深美編／戴榮芝
校　　對／黎秀湮　葉國居　陳惠珍
業務部總經理／李文吉
行銷企畫／許家瑋
發行助理／簡聖峰
財 務 部／趙玉瑩　韋秀英
人事行政組／李懷瑩
版權管理／張召儀

法律顧問／理律法律事務所
陳長文律師、蔣大中律師

出 版 者／聯合文學出版社股份有限公司
地　　址／110 臺北市基隆路一段 178 號 10 樓
電　　話／(02)27666759 轉 5107
傳　　真／(02)27567914
郵撥帳號／17623526 聯合文學出版社股份有限公司
登 記 證／行政院新聞局局版臺業字第 6109 號
網　　址／http://unitas.udngroup.com.tw
E-mail:unitas@udngroup.com.tw

印 刷 廠／鴻霖印刷傳媒股份有限公司
總 經 銷／聯合發行股份有限公司
地　　址／231 新北市新店區寶橋路 235 巷 6 弄 6 號 2 樓
電　　話／(02)29178022

出版日期／2014 年 5 月　初版
2017 年 10 月 24 日　初版六刷
定　　價／280 元

ISBN 978-986-323-075-5（平裝）

國家圖書館出版品預行編目資料

髻鬃花 / 葉國居作 . -- 初版 . -- 臺北市 :
聯合文學， 2014.05
256 面 ; 14.8×21 公分 . --（聯合文叢 ; 579)

ISBN 978-986-323-075-5(平裝）

855 103006160